UNICORNIO BLANCO

El encuentro

Autora Pino Betancor

Depósito legal número: 00765-01651869

ISBN 9798863999951

Sello: Independently published.

Amazon España

Instagram Pinobetancor.escritora

Año 2023

A mis padres, mis hijos Airam y Neil por ser mis pilares.

A Betty y Migue… por creer en mí hasta el infinito y más allá.

Sígueme en mis redes sociales:

Página web

https://www.pinobetancorescritora.com/

Canal de Youtube

https://www.youtube.com/@pinobetancor9277

Página de autora

http://amazon.com/author/pinobetancor.escritora

Instagram
https://www.instagram.com/pinobetancor.escritora/

Facebook

https://www.facebook.com/profile.php?id=61552006546061

Capítulo uno. Una cita para no faltar.

Sonia ultimaba los detalles antes de salir, la maleta para pasar el fin de semana, el vestido en su funda y todo lo necesario.

En breve su amor vendría a buscarla, decidió bajar y esperarlo en el portal. En unos minutos apareció en su coche, ella metió sus cosas en el maletero y entró en el vehículo.

—Hola nena. —le dijo dándole un beso que casi le roba el alma.

—Hola mi amor. —le dijo sonriéndole. —¿Nos vamos?

—¡Vamos!... lo vamos a pasar en grande, será un fin de semana que no vamos a olvidar. —exclamó mirándola lleno de ternura.

Arrancó el coche y puso rumbo al sur de la isla. Era viernes y estarían en el hotel todo el fin de semana. Sonia estaba muy ilusionada con el evento que iban a vivir.

Había pasado un año desde aquel fin de semana de tomar decisiones, un año en que habían pasado muchísimas cosas, pero, lo más importante es que Sonia no se equivocó en su decisión. Tomó la correcta, la única que podía ser y se sentía dichosa por ello.

No fue fácil comunicar su decisión, sobre todo a la otra parte, pero intentó hacerlo con la mayor dulzura posible y a día de hoy todavía mantienen el contacto de cuando en cuando.

En el camino pensó en todo lo vivido, en sus amigas y en como las cosas se habían tornado a favor. Miró de nuevo a su acompañante y suspiró, era tan feliz a su lado.

Susana por su parte terminaba de preparar todo antes de reunirse con las chicas en el sur. Dejó a los niños con su padre y pasó a recoger a su pareja. Atrás quedaban las citas a ciegas, las apps y las redes sociales para ir dando trompicones sin tino, llenándose de desánimo en cada una de ellas.

Él la esperaba, tan apuesto como siempre. Metió su equipaje en el coche y se marcharon mientras reían y comentaban lo extraordinario de este evento.

Llevaban casi un año juntos, al principio fue complicado contarlo a las chicas, Susana tenía miedo a su reacción por la diferencia de edad entre ellos y por lo que suponía esta relación para el grupo.

Pero era cierto que él le daba a Susana algo que nunca pudo esperar en una pareja, una estabilidad, la entendía como nadie y eso la hacía tremendamente feliz.

Beatriz, la más previsora ya estaba en el hotel, mientras hacía el checking sonreía al lado de Fernando cogidos de la mano. El botones se llevó el equipaje para dejarlo en su habitación. Entre la gran variedad de habitaciones que dispone dicho hotel se habían declinado por «De Luxe View» con balcón privado y vistas a los amplios jardines y el emblemático Faro de Maspalomas al fondo.

Se adoraban, no había sido un año fácil para ellos, pero siempre habían superado todo de la mejor manera, estando juntos. Hubo que tomar muchas decisiones que para ella supusieron salir de su zona de confort, pero con la ayuda de su familia y sus amigas, sobre todo de Sonia salvó todos los obstáculos y salió vencedora.

Olivia por su parte se alojaba en el hotel desde el miércoles. Quería encargarse de todo personalmente y había decidido irse unos días antes para ultimar los detalles, quería que todo fuera perfecto.

Ellos se alojaron en una de las «Suitte View», sesenta y tres metros cuadrados totalmente equipados con todo lujo de detalles, salón y balcón privado con vistas a la piscina de mayor tamaño, la piscina lago, con cuatro mil metros cuadrados de agua dulce y su efecto óptico llamado «infinity pool» de más de cien metros de largo.

Aquella mañana, Olivia se encontraba en el hall, amplio, luminoso gracias a los espectaculares ventanales a cada lado, los suelos de mármol blanco y gris en conjunto con el resto de la decoración, las grandes lámparas de araña daban una armonía a todo el espacio.

La wedding planner Carmen Díaz, tenía muy buena reputación y después de casi un año organizando todo juntas eran casi amigas.

—Ya tengo la confirmación¡, mañana traen la carpa, las sillas y alfombras. La florista traerá los arreglos florales el domingo en la mañana. Oli todo va a ser perfecto.   —le soltó entusiasmada Carmen.

—Tengo unos nervios, mira que llevamos con todo esto casi un año y al fin ha llegado el día, no me lo creo. Mi primera boda no fue para nada idílica, en un frío juzgado, todo muy sobrio. Por eso esta tiene que ser «la boda» además estoy con el hombre más maravilloso. Mira por ahí viene… —dijo sonriendo al ver acercarse a Daniel.

—Hola princesa… ¿habéis terminado? Quiero enseñarte algo… —le preguntó al besarle la mano.

—Sí Daniel, ya hemos terminado. Mañana nos vemos aquí para supervisar el catering. —concretó Carmen antes de irse y dejarlos a solas.

Olivia lo miraba con dulzura, era tan feliz. Se levantó y acompañó a Daniel sonriéndole.

Capítulo dos. Carla

Aquel año para Carla fue un año lleno de retos.

Al fin salió la convocatoria para las oposiciones a enfermería del Servicio Canario de la Salud.

Tras dos años preparándose había llegado el momento, por lo menos de hacerlo y quitarse eso de encima, así lo veía ella.

El primer examen era un sábado, si resultaba apta, se enfrentaba el domingo de la siguiente semana al definitivo, aquel que determinaría si obtenía plaza en la sanidad pública.

Aquel sábado llegó tranquila al Centro Insular de Deportes de Gran Canaria. Llegó temprano, casi una hora antes, para poder encontrar aparcamiento y tomarse un café por la céntrica calle de Triana antes de presentarse a la prueba.

Con casi cuarenta minutos antes llegó al pabellón y tras mirar una vez más las listas, entró y buscó asiento. Ahí comenzaron los pensamientos en bucle, le dio calor, miraba hacía todos lados mientras respiraba hondo y trataba de tranquilizarse.

Cuando el examen comenzó cerró los ojos y mentalmente se dijo a sí misma que estaba preparada, que lo iba a bordar, cogió su bolígrafo y a la señal de comenzar empezó a leer las preguntas con calma y marcar la respuesta correcta.

Se sorprendió de terminar con tanto margen de tiempo, aprovechó para revisar tranquila todo. Una vez lo hizo se levantó y entregó su examen. Aquella tarde quedó con Sonia en Siete Palmas para tomar algo antes de irse a casa.

Cuando llegó ya Sonia la esperaba, se abrazaron y le preguntó por la prueba.

—¿Qué tal fue? —le preguntó con gran interés mientras removía su cortado.

—¡Bien! También es cierto que llevo dos años con esto... ¡no veía la hora de quitármelo de encima¡ —soltó levantando los brazos en señal de victoria.

—Me alegro tanto que al final tengas esta oportunidad, supondrá un gran paso para ti a nivel profesional. —argumentó Sonia para expresarle su alegría.

En este año habían forjado una gran amistad, tanto una como la otra intentaban estar en contacto continuo, verse mínimo una vez al mes para contarse todas las novedades acaecidas en la vida de ambas.

Y así mantener aquel regalo de la vida que fue conocerse.

Con quién fue más intransigente fue con Manu. A pesar de las disculpas de él, ella no quiso darle otra oportunidad para mantener esa amistad que ella sentía verdadera de primeras, él se alejó sin motivos hasta que decidió volver como si nada hubiera pasado, pensando que ella le iba a recibir con los brazos abiertos. Nada más lejos de la realidad, Carla no abrió más esa puerta para él. En el trabajo si coincidían en alguna guardia se trataban con respeto, pero nada más allá de un simple trato entre compañeros.

A pesar de que Sonia intentó interceder por él, Carla le dejó claro, que aquella traición no la iba a perdonar tan fácilmente.

Manu aceptó la decisión de que la fue su amiga más entrañable. Y decidió darle el espacio que ella necesitaba, el tiempo todo lo cura y esto quizá fuera cuestión de tiempo para sanar lo ocurrido.

Ella no obstante intentaba no coincidir con él en las guardias. Evitaba estar con él mano a mano en urgencias, no le apetecía. Se sintió tan decepcionada con la actitud que tuvo hacia ella que cerró en banda toda opción de olvidarlo. Y sin ni siquiera pensar el daño provocado a su amiga, ella admiraba el gran corazón de Sonia por perdonarlo. Ella sencillamente no podía hacerlo.

En una ocasión asistió a uno de los retiros que Sonia hacía con la empresa con la que colaboraba. Quedó encantada, se sintió muy cómoda, ese en particular, era sólo para mujeres.

La semana anterior había tenido una carrera, a través de montaña, el tiempo no la acompañó en esa ocasión, la lluvia y el viento hicieron que pensara en abandonar, pero fiel a su fuerza y entereza, terminó quedando clasificada en los primeros puestos en su categoría.

El año a nivel deportivo estuvo lleno de buenos momentos, de reafirmarse como una runner de élite.

El palmarés de ese año fue bastante diverso. En la carrera llamada «Pilancones» subió a pódium en segundo lugar en su categoría en la distancia de treinta y un kilómetros.

En la «Sky Gran Canaria» quedó primera en su categoría en la distancia de cincuenta kilómetros.

En «Chiquero Trail» segunda posición en su categoría en la distancia de doce kilómetros.

El «Desafío de los Picos» fue una auténtica odisea, quedó en mejor posición que el año anterior, un muy meritorio cuarto puesto para su categoría en la distancia de catorce kilómetros.

En la «Plenilunio Trail» consiguió un segundo puesto en su categoría en la distancia de doce kilómetros.

Pero ese año el mayor reto lo supuso la famosa «Transgrancanaria» mundialmente conocida, con gran afluencia de runners internacionales.

Carla se propuso hacer la distancia de ochenta y cinco kilómetros en su categoría, atravesando la isla desde Agaete a Maspalomas, todo un reto con mayúsculas que consiguió terminar, pasando por todos cortes. Fue un logro importante que celebró con sus amigos, familiares y de la que Sonia se sintió enormemente feliz por ella.

El primer examen de las oposiciones le salió como ella dijo, redondo, quedó apta, ya sólo le quedaba quedar en los primeros puestos de clasificación del siguiente. Ella pensaba que sería peor quedarse fuera ahora que en el anterior. Le gustaba saborear la idea de convertirse en empleada pública con plaza fija.

En aquellas noches de estudio solía aprovechar para sacar a su peludito a pasear y así despejar la cabeza un rato.

Una de aquellas noches se dirigió al jardín al final de la calle para soltar allí al pequeño, cuando absorta en sus pensamientos se dio cuenta de que en el jardín dormía una persona.

Al principio se asustó, no esperaba encontrar allí a alguien durmiendo enroscado en un edredón. No soltó al perro y continuó hasta casa sin mirar atrás.

Durante el resto del día no podía apartar de su pensamiento a aquella persona en el jardín.

¿Qué hace que una persona llegue a ese punto de verse sin un lugar donde dormir?

En las noches en vela para estudiar volvía a acercarse al jardín y buscaba a aquella persona, siempre en el mismo lugar, bajo un árbol de Júpiter, acurrucado sin apenas moverse. El clima en esa época era cálido, aun así, estar a la intemperie toda la noche se le antojaba aberrante.

Una mañana de domingo bien temprano le vio salir del jardín, era un hombre de unos cincuenta años, alto, elegante, iba bien vestido y no parecía que la vida lo tratara mal para estar en la calle, Carla bajó la mirada al cruzarse con él. Olió su perfume y pensó que todo aquello era tan extraño como paradójico.

Ella poco a poco se halló cómoda al encontrarlo dormido en el jardín, se sentía acompañada, la calle no se le hacía tan solitaria.

Aquella madrugada antes de bajar cogió una botella pequeña de agua de la nevera y un sándwich de los que compraba preparados para sus guardias y lo metió en una bolsa antes de bajar con «Bizcocho». Al continuar por la calle en dirección al jardín lo divisó a lo lejos acercándose. Respiró hondo ante lo que tenía pensado, esperaba no ofenderlo. Cuando se cruzaron en la acera, ella lo detuvo.

—Buenos días, perdone mi atrevimiento. Quería darle esto, le he visto dormir en el jardín y no sé si está comiendo. —dijo ella con el tono bajo y la mirada llena de comprensión.

—¡Muchas gracias de verdad! se lo voy a coger por tener este detalle conmigo, pero yo le voy a decir, yo tengo medios para poder comer, estoy durmiendo en la calle por una promesa que hice. —argumentó el señor lejos de sentirse ofendido.

—La verdad me alegra saberlo, llevo meses viéndolo ahí en ese jardín y me llenaba de tristeza. —dijo Carla más aliviada al oír que era su deseo propio dormir en la calle.

—Mi esposa me ha pedido el divorcio y me tuve que ir de casa, por eso duermo aquí. Le dije que iba a estar pernoctando en este jardín hasta que me perdone… ella vive dos calles más arriba…no creo que la conozcas, llevamos poco tiempo aquí. —le contó mientras no borraba una sonrisa bastante sincera de su rostro.

Carla le escuchaba en silencio, intentaba entenderlo, comprender si ese motivo era una razón de peso para adentrarse a pasar las noches a la luz de la luna.

Se despidió de ella cogiéndole la bolsa y deseándole un buen día.

Ella comentó con su pareja toda esa información y lo extraño que sonaba.

El domingo del examen si se encontraba más nerviosa que en el anterior, se jugaba mucho y lo sabía.

Declinó el ofrecimiento de su pareja de acompañarla, prefería ir sola, así tendría tiempo para trabajar los ejercicios de respiración que Sonia le había enseñado antes de entrar, y encontrar esa paz que necesitaba desesperadamente en ese momento.

Una vez dentro se concentró en las preguntas y elegir la correcta. Era un examen tipo test, se tomó su tiempo para contestar.

Al terminar revisó todo antes de entregarlo. Tres días después miró las listas de admitidos. Estaba entre las diez mejores, ¡lo había conseguido! Ya tenía su plaza, solo era cuestión de tiempo que la llamaran para darle su puesto de trabajo. En cuanto la tuviera pediría excedencia en el hospital y se incorporaría de inmediato.

La celebración no se hizo esperar. Reunió a su círculo más cercano, preparó una cena en la azotea y disfrutaron de una velada única.

A todo esto, llevaba días sin ver al señor que dormía en la calle, solían pararse a charlar si se encontraban. Y de pronto, se encontró echándole en falta.

Días después apareció por el jardín, la estaba esperando para despedirse. Se marchaba definitivamente, sus intentos de salvar su relación no habían dado frutos y continuaba con su vida.

Una amiga le ofreció una habitación en su casa, solo había venido a despedirse de ella, Carla agradeció el gesto del señor y le deseó la mejor de las suertes, estaba segura de que siempre lo recordaría.

Capítulo tres. La bienvenida.

Al llegar al hotel Sonia y su chico se dirigieron a recepción, el botones se llevó su equipaje y una vez hicieron el cheking se dirigieron a la habitación. Ellos se decidieron por la «Premium Pool», Cuarenta metros cuadrados con la más exquisita decoración, con acceso directo a la piscina desde la propia habitación. En el aparador disponían de una botella de cava y frutos secos. Abrió la botella de cava, le ofreció una copa a ella sonriéndole.

Brindaron mientras se miraban, la amaba tanto que este año le parecía mentira estar con ella y ser tan feliz.

—¡Por nosotros preciosa!

—Por nosotros mi amor. —le dijo brindando sin dejar de mirarlo. Se sentía tan plena a su lado.

—¿Tú crees que nos estén esperando? —le preguntó mientras rozaba su cuello con el dorso de su mano, apartando su pelo para besárselo.

—No lo creo, dijeron de almorzar sobre las dos, son las doce y media, no nos echaran de menos aún. —le respondió poniéndose de puntillas para alcanzar sus labios.

Él la tomó en brazos sin dejar de besarla, la dejó suavemente en la cama.

Sonia cerró los ojos y se dejó llevar. Su amor era tan intenso, nunca era suficiente, todo el tiempo que pasaban juntos era poco. Se habían hecho inseparables, pasaban horas riendo, contándose secretos, hablando de temas profundos, de sentimientos, de cómo se sentían uno con el otro. Lo mejor...esos silencios eternos, mirándose, con una ternura propia del amor más puro, de algo que no puedes controlar, que te hace sentir vulnerable ante esa persona, pero tienes la seguridad de que sería imposible que te dañara, sabes que te ama más que a su propia vida. Eso era lo que ellos tenían… y eran conscientes de que solían despertar cierta envidia.

Atrás quedaron los miedos, el dolor por tener el corazón roto…todo eso estaba fuera de sus vidas. Habían entendido que su destino era estar juntos pese a todo, que merecían vivir aquel amor.

Después de amarse intensamente colocaron la ropa en el armario y se terminaron la botella de cava en la terraza mientras hablaban.

—¡Aún no me puedo creer que Olivia vaya a casarse! —exclamó Sonia alzando su copa.

—¡Pues si princesa! pero se aman intensamente, todavía recuerdo cuando nos lo comunicaron a todos en aquella cena, ¡fue increíble! —dijo sonriendo al recordar aquel momento tan conmovedor.

—Buaaa… fue tan bonito, la verdad que no esperaba aquella

noticia. —soltó mientras se llevaba la copa a los labios.

Disfrutaban de su particular entrada a la piscina, ella con los pies en el agua jugaba a moverlos en círculos mientras sonreía con la copa en la mano. Él por su parte la miraba, no podía dejar de mirar a esa mujer con la que estaba, se sentía tan dichoso a su lado, que experimentaba la sensación de ser invencible.

—¿En qué piensas amor? —le preguntó ella sacándolo de sus pensamientos.

—Pues... en todo lo que hemos vivido juntos en este

año… ahora estamos aquí en la boda de Daniel y Olivia, que también han encontrado una felicidad extrema juntos… es como si la vida nos hubiera querido a todos recompensar tanto sinsabor de años anteriores.

—Pues sí, es curioso como después de tantos años de búsqueda, todos hemos encontrado alguien afín para esa felicidad plena. — argumentó ella mientras se acercaba y posaba su cabeza en el hombro de su chico.

Él la besó en la frente, inclinó su cabeza sobre la de ella y disfrutaron de los rayos de sol en sus rostros.

Antes de reunirse con el resto, aprovecharon para darse un baño en su particular piscina…abrazados… susurrándose tonterías al oído. Riéndose de todo… recordando alguna anécdota vivida en este año, sintiéndose plenos y sobre todo agradecidos con el universo por haber hecho el milagro de encontrarse entre tantas personas.

A través del grupo de whatsapp que tenían ellas, Olivia concretó la hora para encontrarse en el restaurante La Toscana, dentro del mismo hotel, donde tenían la reserva para el almuerzo.

Sonia y su chico se prepararon y se dirigieron por el inmenso jardín del hotel hasta el restaurante, allí esperarían al resto.

Capítulo cuatro. Olivia

Para Olivia no fue difícil responderle a Daniel.

¡Claro que no lo esperaba! la cogió totalmente por sorpresa, pero siempre tuvo claro que no dejaría escapar a un hombre como Daniel por sus miedos al compromiso.

Aquella noche aceptó su propuesta y Daniel le puso un precioso anillo de pedida en su dedo. Oro blanco con un diamante rosa, su color preferido.

Durante todo ese año fueron terminando de decorar la casa de Tafira. Mientras tanto en el plano profesional hizo una apuesta arriesgada pero puntera al traer una colección de Italia.

Los tejidos eran ligeros, frescos y de un colorido sin igual. La confección de aquella colección de accesorios y bolsos fue una inversión importante. Pero Olivia siempre juega sobre seguro y antes de tener aquí la colección, prácticamente la tenía vendida con las mejores tiendas de marca de la isla.

Su mano para buscar creaciones sin competencia estaba catapultando su distribuidora a lo más alto. Manteniendo el nombre que su padre creó, pero adaptado a los nuevos tiempos, donde la mujer quiere sentirse femenina, pero a la vez cómoda y segura.

Todo este éxito no le quitó tiempo para decidir al final irse a vivir con Daniel a Tafira. A los cuatro meses de terminar con la decoración de la vivienda Daniel se mudó, eso trajo consigo que pasaran mucho tiempo juntos en casa y poco a poco ella se fue llevando sus cosas e instalándose casi sin darse cuenta. Su hijo Saúl no sólo vio con buenos ojos la mudanza de su madre, sino que sintió una liberación al quedarse a sus veintisiete años solo en el piso de Siete Palmas. Ya había empezado a trabajar con su madre en la empresa llevando la gestión de logística, con la marcha de su madre afianzaba su independencia no solo económica.

En menos de medio año ya estaba instalada junto a Daniel en su nueva casa, cómodos… como enamorados que eran, vivían intensamente su relación compaginando los viajes por trabajo de Daniel con las ausencias de Olivia debido a la expansión de su empresa. Procuraban viajar en la misma semana, a veces coincidían en Madrid o Barcelona y pasaban el tiempo libre juntos paseando por aquellas calles infinitas colapsadas de personas en ambos sentidos.

En uno de esos viajes fue dónde Olivia conoció la firma «Dafonte». Quedó impresionada con sus diseños, al descubrir la colección para novias de la firma, se dijo para sí misma que su vestido sería de ellos sin dudarlo.

También miró los vestidos de acompañante para las chicas, quería que fueran sus damas de honor junto a su hermana. Y la colección de este diseñador se le antojó sofisticada e ideal para ellas. Cada una con su propio estilo con la particularidad de que compartirían el mismo color en cada diseño.

Se llevó los catálogos y los guardó a buen recaudo en la maleta fuera de la vista de Daniel. No llevaba bien lo de guardar un secreto, menos con él, pero esta vez tendría que hacerlo si quería sorprenderlo el día de la boda.

Organizar la boda era la tarea principal de ese año.

Primero buscar el sitio, quería algo bonito, sin igual…no quería unirse a Daniel en cualquier parte, tenía que ser «El sitio».

En Semana Santa cogieron unos días de descanso en un lujoso hotel del sur de la isla.

Ella quedó maravillada con el lugar, sus jardines y sobre todo en uno de ellos tienen un quiosco de la música que se veía ideal para oficiar la ceremonia.

Sin pensárselo dos veces compartió la idea con Daniel cuando paseaban por esa zona del hotel.

—Amor… ¿Qué te parece celebrar la boda aquí? Mira qué bonito este quiosco. —le preguntó señalando esa parte del jardín.

—¿tú crees que nos dejarán celebrar la boda aquí?

—No sé, pero podemos preguntar en recepción. —argumentó dando saltitos a su alrededor.

—Vale, a la vuelta preguntamos si celebran ese tipo de eventos. —le contestó sin poder resistirse, era incapaz de negarle nada a su chica.

Y eso hicieron, al terminar el romántico paseo pasaron por recepción, la respuesta del personal fue totalmente satisfactoria para sus planes.

La recepcionista le tomó los datos y el lunes la compañera que lleva el tema de bodas y eventos les atendió vía telefónica para darles toda la información que necesitaban.

El martes fueron al hotel para hablar con Marta, la coordinadora de eventos del hotel para mirar fechas, reserva y presupuesto.

La fecha quince de febrero, un domingo, a las cinco y media de la tarde. En el jardín del hotel, para el catering de celebración podían encargar el suyo propio y celebrarlo en uno de los salones o reservar uno de sus cuatro restaurantes, eligieron lo primero, sería más informal y acogedor.

Y de repente se vieron con fecha para la boda, a un año vista tendrían el evento de sus vidas.

Olivia no cabía en sí de gozo, cada día que pasaba más se materializaba ese día tan anhelado.

Sin más demora quedó con las chicas para mirar los vestidos, había que encargarlos a Sevilla, la mejor opción era ir a la prueba allí y que los enviaran después. Todas estuvieron de acuerdo, les vendría bien una escapada juntas antes de la boda, era la excusa perfecta.

Cada una eligió su modelo, estaban de acuerdo en llevar todas en el mismo color, se decantaron por el dorado. El tejido para los vestidos sería el satén.

Sonia eligió el modelo Amy, con un tirante solo, fruncido y adornado con una hebilla en el hombro dejando un trozo de tela a modo de pequeña capa por la parte trasera, ajustado al cuerpo con un drapeado en el hombro y en el lado de la cadera contrario.

Beatriz escogió el modelo Georginna…ajustado hasta la cintura y el cuerpo todo drapeado, con manga larga abullonada, solo en un brazo, era muy elegante.

Susana se decantó por el modelo de top y falda Alice, la falda entallada en la zona de la cintura y caderas para ir ganando un vuelo sutil, el top dejaba un hombro al descubierto seguido de una manga de corte murciélago y la otra sin manga y fruncido en el mismo hombro.

La hermana de Olivia, María optó por el modelo Valentina, era de corte estrecho y el escote era en uve ensanchando a la altura de los hombros para realzarlos con una especie de hombrera muy favorecedora. El largo para todos los trajes sería por debajo de la rodilla a cinco centímetros del tobillo, el llamado largo midi en moda.

Se pusieron de acuerdo en la fecha para ir a la prueba de los vestidos y acordaron ir en octubre un viernes y volver el domingo. Ideal para pasar un tiempo juntas sin los chicos.

Llamaron a Dafonte y reservaron la fecha, el viernes, para ir a prueba de novia y acompañante. Llenas de ilusión se abrazaban dando saltitos y riendo, era formidable poder celebrar la boda de una de ellas.

El catering lo dejó en manos de la empresa de Beatriz, ella se encargaría de todo. Para el resto el hotel le ofreció los servicios de su wedding planner Carmen Díaz con la que trabajaban en todos sus eventos en el hotel. A Olivia le pareció una buena idea, ya que, si esta chica tenía su oficina en el mismo hotel, estaría al tanto de todo y tendría acceso donde otra persona ajena no.

Enseguida hizo buenas migas con ella, Carmen la escuchó atentamente intentando captar desde el principio la idea de lo que quería Olivia y complacerla en todo lo posible, ese era su trabajo aparte de aconsejarlos en las mejores opciones dentro del hotel.

En principio aprovechando que el quiosco era blanco, toda la decoración sería en ese color, las sillas revestidas con unas fundas blancas de raso y lazos en la espalda. A lo largo del pasillo de entrada de los novios velones marcando el camino, adornos florales sencillos pero llenos de color para dar contraste, la música a cargo de un violín y un violonchelo, la melodía la dejaba a elección de Carmen para luego ella decidir entre lo que le ofreciera. Quería algo suave y sofisticado.

Con respecto a su vestido no quiso comentarles nada a las chicas hasta llegar a Sevilla, pero lo cierto es que lo tenía elegido antes que ellas.

Dafonte es único con el encaje, el vestido es ajustado en todo el cuerpo y un pequeño vuelo por debajo de la rodilla, sin cola, nunca le gustaron. El tono es algo peculiar, el fondo para el encaje es un gris claro, muy elegante, que le da un toque único al vestido. La espalda totalmente descubierta con una cadena en forma de triángulo de los laterales hasta la base de la nuca donde otra pequeña cadena une los lados de los hombros. Las mangas totalmente de encaje, sin fondo, ajustadas al cuerpo como un guante y un lazo en la parte trasera de la cintura para darle un toque más femenino si cabe.

El viaje se lo dejó a Daniel, no quería meterse en más preparativos y así le daba a él la opción de sorprenderla. Le dio carta blanca con el destino, solo le condicionó el tiempo, dos semanas máximo.

En resumen, un año lleno de planes y mucha ilusión por tener la boda que siempre soñó.

Capítulo cinco. ¡Ya estamos todos!

Susana llegó casi detrás de Sonia, el botones se llevó su equipaje a la habitación, ellos eligieron la «De luxe» con vistas a los jardines del hotel, todo un lujo divisar las casi ochocientas palmeras de cien especies y subespecies que alberga dicho jardín en setenta y seis mil metros cuadrados, un espectáculo para la vista.

Susana al entrar en la habitación fue directa al balcón, él se acercó por detrás y la abrazó, besó su cuello y suspiró.

—¡Amor!... menudo suspiro…
——exclamó ella cerrando los ojos.

—¿Sabes?... soy tan feliz a tu lado, quién nos lo iba a decir, al final no hizo falta redes sociales ni apps de citas, la vida nos unió. ¿no crees que es maravilloso? —le preguntó sin separar sus labios del cuello.

—Es más que maravilloso todo esto. —le dijo al girarse buscando sus labios.

Se besaron lentamente, disfrutando del sabor del otro, casi sin buscarlo fueron a más…con ansias el uno del otro como si no se amaran en bastante tiempo, quitándose la ropa acompasadamente, sin prisa, tenían todo el tiempo del mundo para amarse.

Después de una ducha, se cambiaron dispuestos a disfrutar de la piscina antes de encontrarse con el resto para almorzar.

Cogidos de la mano fueron a la piscina Lago, la más grande del hotel, allí buscaron unas hamacas donde disfrutar del buen tiempo y de la compañía mutua.

—¿A qué hora quedaron para almorzar? —preguntó él

mientras le ponía protector en la espalda a su chica.

—Olivia nos ha citado en el restaurante Toscana a las dos. Así que, tenemos una hora antes de subir a vestirnos. —le respondió con los ojos cerrados disfrutando del masaje que le daba lleno de amor.

—¡Perfecto! Tengo ganas de ver a los chicos.

—¡Qué bueno que hayáis hecho migas todos! Es tan importante para nosotras…

—Por supuesto, así siempre podemos hacer cosas juntos y no tenéis que andar viéndoos a solas sin nosotros, que sois tremendo peligro… —le dijo riendo.

—¿Nosotras…? ¿un peligro?... pues, no sé porque lo dices… -replicó levantado la cabeza para ponerle ojitos.

En el bar al lado del restaurante Sonia disfrutaba de un cóctel junto a su chico cuando vieron a Beatriz y Fernando acercarse.

Se dieron un abrazo y dos besos, los chicos se dieron la mano junto a un abrazo, habían congeniado de una manera muy natural, se entendían tanto como ellas, amigos y cómplices en este año de salidas en pareja.

—¡Qué bonito es el hotel! -exclamó Beatriz dando pequeñas palmadas a modo de celebración.

—La verdad es precioso, yo nunca había estado… y nuestra habitación es un sueño, tenemos acceso privado a la piscina… —añadió Sonia sonriendo.

—¿En serio?... vaya detalle… -soltó Fernando dándole una

palmada en la espalda a su amigo, sabía que la reserva había sido cosa suya y quería sorprender a Sonia.

—Bueno, la señorita merecía recordar este fin de semana con todo lujo de detalles. —susurró él guiñándole un ojo a Fernando.

—Nosotros estamos en la planta sexta, tenemos unas vistas impresionantes… —añadió Beatriz mientras cogía su cóctel de la mesa.

En ese momento aparecieron los novios, Olivia impecable con su vestido largo de gasa en tonos verdes y Daniel con sus bermudas beige, su polo de crochet en los mismos tonos, las chicas se besaron mientras los chicos chocaban las manos entre risas y secretos.

Olivia y Dani pidieron unos margaritas uniéndose así a la cháchara.

—Y… ¿qué tal están los novios? —peguntó Sonia viendo la felicidad en el rostro de los dos.

—Ufff… está histérica, un verdadero dolor aguantarla estos días Sonia —soltó Daniel mientras los demás reían y Olivia le daba un manotazo.

—A ver… me puedo imaginar cómo debe estar, es un día muy importante en su vida… — espetó Beatriz excusando a su amiga por su comportamiento.

—Bueno… en mi defensa he de decir, que él tampoco ha estado fino estos días, desde que llegamos no para de dar vueltas por el hotel como una gallina sin cabeza. — argumentó mientras le hacía un gesto con el codo en plan «ahí la tienes».

—¡Es verdad! Todo esto es agobiante, no pensé que organizar una boda fuera tan agotador, son tantas cosas. —exclamó casi lamentándose.

—Pero chicos, esto va a ser un momento único, habéis elegido un lugar maravilloso y conociendo como sois, será inolvidable. —expuso el chico de Sonia con su voz pausada.

—¡De eso no nos cabe duda! —exclamó Sonia sonriendo feliz por la pareja.

—Por cierto… ¿Os ha enseñado el regalo de antes de dar el «sí quiero»? —preguntó

Daniel a las chicas dándole la oportunidad a Olivia de mostrar en su muñeca una pulsera de Viceroy.

—¡Que linda Oli! —exclamó Beatriz al verla cogiéndole la muñeca.

—¡Es divina amiga! Pero he de decir que ya la había visto… -soltó Sonia poniendo ojitos.

—¿En serio? —casi gritó Olivia, aunque no le sorprendía que Dani hubiera recurrido a Sonia para elegirla.

—Bueno… no sois los únicos que guardáis secretos en esta

pandilla. —afirmó Olivia elevando la mirada en plan interesante.

—¡Pero qué fuerte todo esto! —exclamó Fernando riendo.

—Pero bueno… ¿Qué nos estamos perdiendo? —preguntó Susana al unirse a la reunión junto a su chico.

Todos se levantaron para saludarse, besos, abrazos, alguna palmada en la espalda mientras reían. El buen ambiente entre las cuatro parejas era envidiable.

—¿Qué tal vuestra habitación? Porque creo que todos

tenemos modelos de habitaciones diferentes, nosotros estamos en la De Luxe, un verdadero sueño. —interrogó Susana a sus amigas curiosa por saber más sobre los alojamientos del resto.

—Nosotros estamos en «De luxe View» en la sexta planta, unas vistas de ensueño, ellos —dijo Beatriz señalando a Sonia y su chico —están en la «Premium Pool» con acceso directo a la piscina desde la habitación —a lo que Susana hizo gesto de asombro abriendo la boca y subiendo las cejas, tan típico en ella. —Pero la palma se la llevan los novios, dile en qué habitación os alojáis guapetones. —invitó a Olivia a continuar con la explicación.

—Bueno, bueno... pues nosotros no merecíamos en esta ocasión menos que la «Suitte View» la habitación tiene sesenta y tres metros, es más grande que el ático en las Canteras de Dani. —añadió riendo.

—¡Agüita chicos! Eso tenemos que verlo. —exclamó Susana mientras agitaba la carta de bebidas en modo abanico.

Todos rieron y continuaron la conversación hasta que el metre vino a comunicarles que la mesa estaba lista.

Cogieron sus bebidas y se dirigieron al restaurante La Toscana, comida italiana que sin duda haría las delicias de todos ellos.

El almuerzo y la sobremesa transcurrió entre risas, anécdotas y conversaciones más profundas. Era un día para disfrutar juntos, era un momento especial en la vida de las chicas, Olivia se casaba, había encontrado a un hombre magnífico que la hacía tremendamente feliz y lo mejor, es que era mutuo.

Por la tarde se dirigieron a una de las piscinas del hotel, la Premium pool, mientras ellas hablaban de los preparativos, ellos jugaban un partido de voleibol.

—Y dime cariño… ¿Cuándo llegan tus padres? —preguntó Susana queriendo saber con detalle todo lo referente a la boda.

—Mis padres llegan mañana por la mañana, sobre las once. La familia más cercana de Dani ha decidido venir el día de la boda, supongo que no querrán hacer gastos con el alojamiento.

—Entonces... hoy es un día para disfrutar nosotros... —dijo Susana pensando en voz alta mientras solicitaba la atención del camarero.

—¡Pues sí! ... mañana llegarán casi todos los invitados que se alojan en el hotel y será imposible atenderos en exclusiva... —añadió Olivia poniendo los ojos en blanco de pensar como sería tener que atender a todos los invitados.

—Por nosotros no tienes ni que preocuparte... —la excusó Sonia poniéndole la mano en la rodilla a modo de intentar tranquilizarla.

—Claro que no… estaremos todos bien… —añadió Beatriz mirándola con ternura.

—Por cierto… Quiero ver vuestra manicura… Sé que habéis ido a «Nails Studio» venga, quiero ver esos modelos. —solicitó las uñas de sus amigas, tanto Susana, Beatriz como Sonia les enseñaron su manicura, en tonos nude con los anulares y corazón con diferentes decoraciones en dorado, a juego con los vestidos de damas de honor. Olivia las miraba llena de emoción, cualquier detalle la emocionaba en estos días. -están fabulosas, Sarai tiene un talento inigualable. —exclamó satisfecha.

—¿Y las tuyas? Nos dijo que fuiste el lunes… —le reclamó Beatriz las manos a la novia.

—Pero… ¡que lindas! —afirmó Sonia sonriendo, su amiga se veía tan feliz. —la verdad chicas, como nos ha cambiado la vida ¿eh?

—¡Y que lo digas! —le respondió Susana satisfecha de todo lo que estaban viviendo juntas.

—Yo personalmente he de decir que estoy viviendo un auténtico sueño. —suspiró Olivia al decirlo.

Todas rieron mientras se daban las manos haciendo un coro entre ellas… al rato llegaron los chicos y después de unirse a ellas para tomar algo en el bar de la piscina disfrutaron del atardecer.

Éste llenó el cielo de un tono violeta con tonos más suaves en rosa, las nubes jaspeadas le daban al escenario el toque perfecto.

Sobre las ocho decidieron ir a las habitaciones para prepararse para la cena, el fin de semana no había hecho más que empezar.

Capítulo seis. Samuel

Ese año trajo consigo muchos retos para Samuel.

A principios de años perdió a su abuelo materno, para él era un referente importante en su vida.

Todo eso lo llevó a una tristeza más que justificada, su abuelo vivía en Madrid y no pudo despedirse de él ni acudir a su sepelio. Se sentía muy unido a él, su madre era su única hija y él se desvivió por sus dos nietos, Samuel y Antonio.

Los recuerdos más entrañables que tiene de él son el olor a pan recién hecho, recoger moras para hacer mermelada y aquellas tardes de verano eternas en el porche de la finca escuchando las batallas del patriarca. Pasaba los veranos enteros con sus abuelos en la finca de las afueras de Madrid donde vivían.

La pena para él fue ver como su hija se marchaba a Canarias por amor. Por lo menos, disfrutaba de sus nietos en todas las vacaciones escolares que disponían. Su hija venía menos tiempo, sólo el que su trabajo le permitía, le encantaba sentarse en el suelo y apoyar la cabeza en las rodillas de su padre, pasar horas inerte, sintiendo el olor a pipa.

Al crecer sus hijos y quedarse viuda decidió al jubilarse anticipadamente irse de nuevo a su Madrid natal y pasar el tiempo con sus padres. Samuel, la echaba mucho de menos, pero sentía que sus abuelos la necesitaban más que él. Cuando se separó, su madre le sugirió volver, pero él no se lo permitió, tanto él como los niños estarían bien. Ese verano pasó con ellos las vacaciones estivales, en la finca donde creció, compartiendo sin saberlo, el último verano de su abuelo.

Se marchó sin hacer ruido, de pronto, mientras dormía su siesta en el sofá del porche.

Apenas dio tiempo de ir, de esa manera, Samuel sufrió lo que los canarios llamamos la insularidad, eso que a veces, nos hace sentirnos tan lejos de los demás aquí rodeados de este océano inmenso.

Pero si algo tenemos cuando estamos lejos de la familia por culpa del mar, son los amigos… y en ese aspecto era afortunado, tenía grandes amigos, Adrián le apoyó en todo momento, Sonia, todo el equipo con el que trabajaba, en ningún momento lo dejaron sentirse solo, eso aquí es, canariedad, por eso ese concepto nos hace únicos, por la lejanía del resto del país, pero la cercanía entre nosotros, todos somos uno cuando se trata de demostrar que alguien te importa.

Quién más le apoyó en esos momentos fue su chica, ella sabe muy bien lo que es estar lejos de los suyos, al ser de fuera de la isla, sintió una empatía inmensa con su amor, no se separó ni un solo minuto de su lado, atenta a sus necesidades, dándole tanto amor como pudo soportar sin llegar a agobiarlo.

Aquella relación iba increíblemente bien, se entendían sin hablarse, complementándose el uno al otro.

Con todo este imprevisto, apenas había podido contarle nada a Sonia, esperaba hacerlo en un momento de calma cuando viniera a por su café especial.

Tras hacer un año de su separación todo fue encauzándose, ha podido dedicar a sus hijos más tiempo y poner otra persona en la cafetería, así fue como Inés entró a formar parte de la plantilla de «20conmigo»

Por eso aquella mañana que Sonia entró con tiempo para tomarse su café especial aprovechó para sentarse con ella y buscar el consejo y atención de su gran amiga.

—¡Aquí tienes, tu café especial! —le dijo sonriéndole mientras la invitaba a sentarse en la mesa del fondo. Ella accedió y cogiendo la taza mientras él salía de la barra para dirigirse a la mesa y sentarse juntos.

—Y dime… ¿cómo estás? —le preguntó al cogerle la mano y mirarlo.

—Mira Sonia… bien a ratos, hay otros momentos en los que siento todo esto tan efímero. Parece que cuando la marcha de alguien cercano te toca de cerca hace que te plantees tantas cosas… —le dijo cogiendo la mano de su amiga mientras casi le susurraba.

—Te entiendo perfectamente… todos en algún momento de la vida pasamos por ese trance con alguien cercano… —argumentó intentando darle a entender la empatía que sentía por él en ese momento.

—Y encima… todo esto lleva a la otra parte… —empezó a decir dándole cierto aire de misterio a la conversación.

—¿A qué te refieres Samu? —preguntó Sonia intentando entender que le quería contar.

—Mi madre me llamó el otro día, mi abuelo ha dejado una cantidad bastante importante de dinero, mi madre ha pensado en darnos parte de ese dinero para que podamos estar más tranquilos… la verdad que es una cantidad importante, podría cancelar el préstamo que pedí para abrir la cafetería y aún me quedaría para invertir en alguna otra cosa… pero quiero pensar bien que hacer, lo de cancelar el préstamo del local lo tengo claro, el resto me gustaría mirarlo bien. No tengo prisa, cuando encuentre algo que me interese y le vea una rentabilidad a corto plazo me lanzaré a ello. La verdad que nunca hablé con mi abuelo de dinero, sabía que estaban muy bien al tener propiedades en alquiler en Madrid, pero no sabía que llegaba a esas cifras.

—Y… ¿se puede saber de qué cifra estamos hablando Samu?

—preguntó Sonia con cierto reparo al tratarse de dinero, nunca ha entendido por qué hablar de cifras, sueldos y monedas es un tema tabú.

—La parte que mi madre quiere repartir ahora serían unos trecientos mil euros. Me tocaría casi ciento cincuenta mil, de crédito aquí tengo unos ochenta y cinco mil, el resto me quedaría libre. —le confesó en total confianza.

—¡Guau! Es bastante dinero Samuel, entiendo por qué piensas buscar algo para invertir.

Quedaron en seguir la conversación en otro momento, la cafetería se había llenado de clientes y Sonia tenía que ir al local. Se miraron con complicidad y cada uno siguió a lo suyo.

Esta inquietud también la compartió con su chica, ella prefería no darle ideas, era demasiado dinero para equivocarse con una mala decisión, quería ser cauta y dejarlo a él tomar la elección correcta, era un empresario con cabeza, él sabría dónde meter aquel dinero sin necesidad de comprometerla a ella.

Su relación con la madre de sus hijos fue en ese año una auténtica montaña rusa, a veces se mostraba cómplice para el bien de sus hijos y otras en cambio, era una auténtica tirana. Sobre todo, desde que confirmó que Samuel había encontrado una compañera de viaje, mientras que ella seguía sin congeniar con algún maromo de turno.

Eso despertó en ella unos celos desmedidos hacia él, intentando a través de los niños dañarlo de cualquier manera… intentar hacerle ver que no era el padre perfecto que pretendía ser, poner peros a cualquier cambio de horarios o planes con ellos a última hora… para Samuel fue un poco tortuoso meter a los niños en esa vorágine en la que se vio metido sin pretenderlo siquiera.

Pero como le dijo Sonia, toda tormenta tarde o temprano acaba, solo tienes que buscar un buen chubasquero y aguantar el chaparrón… eso hizo, viéndose reforzado. Pasado unos meses ella aflojó su actitud con él y las aguas volvieron a su cauce.

Su relación con Adrián también se vio afectada por los continuos cambios en las vidas de ambos.

Desde lo ocurrido con Sonia, prefirió mantenerse al margen desde que se dio cuenta de los sentimientos de su amigo hacia ella.

Los apreciaba a ambos y no quería jugar a la ruleta rusa con la amistad de ninguno de los dos. Por separado les explicó a los dos su punto de vista y se mantuvo en todo momento neutral. Por ahora le había funcionado, evitaba hablar del que no estuviera presente con el otro y por ahora le había funcionado para seguir teniendo con ambos una relación sobre todo sana y sincera.

Aquella tarde que Beatriz se reunió en la cafetería con Sonia, no pudo evitar ver como Bea soltaba alguna lágrima mientras le contaba algo a su amiga. Sin pensarlo dos veces, preparó un trozo de tarta con dos cucharas, se acercó a la mesa de las chicas y sin pretenderlo las chicas lo hicieron partícipe de aquel diálogo entre las dos.

Capítulo siete. Viendo estrellas

Olivia secaba su pelo mientras Daniel terminaba de elegir la ropa para la cena. Sentía como ella canturreaba algo desde el baño, se aproximó lentamente para intentar adivinar que canción era. Se plantó en el marco de la puerta y apoyando el hombro derecho en ella miró a su chica ensimismada en su tarea.

Sonreía mientras la observaba en silencio, se sentía afortunado de tenerla en su vida.

Ella de pronto se giró al sentirlo en la puerta, paró su tarareo y se acercó sonriéndole.

—Hola guapetón.

—Hola preciosa... ¿sabes? Intentaba adivinar que estabas cantando, pero me ha sido imposible...

—¿me estás diciendo que canto mal? —soltó mientras le daba un manotazo en el pectoral.

—Noo... nada más lejos de mi intención, no tengo oído para

la música. —se excusó al asirla contra él para besarla.

—Vale… te lo compro…pero, solo porque eres tú y te quiero mucho… —respondió poniéndole ojitos para que la besara otra vez.

—Bueno, bueno… menos mal que por lo menos me dices eso, porque nos casamos en dos días, me dejas más tranquilo. —soltó riendo a lo que ella volvió a darle otro manotazo por la ocurrencia.

Una vez se hubieron preparado bajaron al restaurante, se verían con el resto en la barra del Churrasco, el grill que dispone el hotel para hacer las delicias de los clientes más selectos.

Beatriz y Fernando disfrutaban de un baño juntos en la amplia ducha que disponían en la habitación.

—¡Qué bien se ve a los novios! —exclamó al darle la toalla a su mujer para secarse.

—Pues sí, la verdad es que todos se ven tan bien con sus relaciones. Ya sabes que yo con Sonia tengo algo especial…y me alegro de que al fin alguien la haga feliz como merece, este chico es todo amor y atenciones con ella, atrás quedaron las decepciones y mentiras, estoy tan feliz por ella. —susurró casi emocionada.

—Se la ve muy bien con él... sinceramente me gusta la pareja que hacen, sobre todo la paz que Sonia le aporta... y como se miran. —argumentó sonriendo para darle a entender que así era como ellos se han mirado desde que se conocieron. Y eso solo puede significar amor verdadero.

—Bueno, vamos a vestirnos que se nos hace tarde, no

quiero llegar los últimos. —le dijo apurándose al dormitorio para terminar de prepararse.

—Vamos, vamos…pero si siempre eres la que más tarda. —le reprochó Fernando buscándole las cosquillas a su mujer.

Ella le sonrió mientras se vestía, en unos minutos se encontraban en el bar con Olivia y Daniel.

En la Premium Pool una pareja disfrutaba de un ratito en la terraza junto a la piscina a solas, elegantemente vestidos a falta del calzado, se miraban en silencio cogidos de la mano, él besaba la mano de su compañera de vida con una dulzura desmedida, ella le rozaba la mejilla con el dorso de la mano mientras bajaba la mirada y se sonrojaba.

Él tenía en ella un efecto narcótico, la embriagaba cuando la hacía suya, al amarla dulcemente, besar cada centímetro de su piel hasta hacerla enloquecer, sus manos suaves la acariciaban sin pausa mientras ella enloquecía casi suplicando que la amara, que entrara en ella hasta hacerla perder la noción del tiempo en sus brazos.

Así era el amor que se profesaban, tan puro que despertaba celos en el resto del mundo.

Con una toalla secó los pies de su chica y la calzó. El hizo lo mismo y se dirigieron al encuentro de sus amigos.

Susana había salido junto a su chico a dar una vuelta por la avenida fuera del hotel, sacaron algunas fotos con la casi terminada puesta de sol, dando paso a una luna llena que irradia tanta luz como el propio sol.

En la avenida algunos artistas tocaban algunas piezas musicales haciendo el deleite de los paseantes, un poco más alejados del hotel una pareja bailaba un tango de manera perfecta, perfectamente ataviados con los trajes de baile, daban los pasos al unísono, totalmente compenetrados. La pareja se paró a deleitarse con el espectáculo, abrazados, imaginando que eran ellos los que realizaban ese baile tan magistral, convirtiéndose en uno solo.

Llegaron al faro y allí dieron media vuelta hacia el hotel, entraron por la puerta principal para dar el paseo más largo, cogidos de la mano hablando animadamente del fin de semana que tenían por delante, disfrutando cada minuto juntos…y, sobre todo, por la idea de estar juntos en la boda de Olivia y Daniel. Quién les iba a decir que esto iba a suceder y, sobre todo, que ninguna de las chicas estaría sin pareja en la boda de su amiga, era un deseo hecho realidad.

Aun así, llegaron antes que Sonia y su pareja, cuando estuvieron todos fueron al restaurante y ocuparon la mesa que habían reservado, primero pedir el vino, leer la carta y pedir los entrantes, platos a degustar… la noche acababa de comenzar.

Capítulo ocho. Daniel

En cuanto terminaron con la decoración en la casa de Tafira, Daniel se instaló en ella, su ático en Las Canteras lo puso en alquiler vacacional, sacándole así mucho más partido que en un alquiler convencional.

Poniendo a cargo el mantenimiento y limpieza a la empresa con la que realizaban los acondicionamientos de las viviendas en la inmobiliaria, pudo despreocuparse de ese tema con total tranquilidad y dedicarse a disfrutar de su nueva vivienda y con ello, de la compañía de su amada.

Ella poco a poco fue ocupando su sitio en el nuevo hogar que habían creado para ellos y su vida en común.

Al pedirle matrimonio, Daniel se jugó la partida a una sola carta, pero sabía que no perdería la partida, tenía la seguridad de que el amor que sentían sería razón suficiente para arriesgarlo todo aquella tarde.

Ante el «sí quiero» de Olivia se llenó de gozo, no había otra cosa que deseara más que llevarla al altar y hacerla su mujer.

En los preparativos de la boda, prefirió dejar a Olivia soñar y hacer realidad la boda que siempre quiso, sin escatimar en detalles, tenía que ser perfecta.

El viaje si le tocó organizarlo, y tras unos días pensando como sorprenderla decidió organizar un viaje a las islas Feroe.

Miró bien los sitios a visitar y llegó a la conclusión de que diez días serían suficientes para ver todo con calma. Y sobre todo estaba en el plazo que le dio Olivia.

Las islas Feroe son un archipiélago autónomo que forma parte de Dinamarca.

La comprenden dieciocho islas volcánicas entre Islandia y Noruega. Conectadas entre ellas por túneles, ferris, pasos elevados y puentes. Se pueden visitar sin problema.

Sus increíbles acantilados cortados a cuchillo y sus paisajes de cuento harían las delicias de su chica sin dudarlo.

Se encargó primero de los pasajes de avión. Saldrían hacia Madrid el lunes por la tarde, el martes temprano a Copenhague y una vez allí rumbo a Vágar, donde está el único aeropuerto internacional del archipiélago.

Irían en coche de alquiler por las islas a su antojo para visitar aquellos lugares más icónicos. El alojamiento lo reservó meticulosamente en algunas islas para trazar bien el recorrido.

Lo siguiente que hizo fue apuntar sitios para ver separados por isla.

En la isla de Vágar visitarían:

La cascada de Múlafossur

La cascada de Skarosáfossur

Pueblo de B0ur

Los lagos de Sorvágsvatn, Bosdalafossur y Traelanipa.

Mirador de Trollkonufingur

Frente a la isla de Vágar visitarían los islotes de Drangarnir y Tindhólmur.

Los frailecillos en Mikynes y la capital de las islas Tórshaun.

Que se encuentra en la isla de Streymoy. Allí visitarían el acantilado de Vestamanna, el valle de Saksun y la cascada Fossá. El pueblo de Tjórnuvik también estaba en la lista de esta isla.

En la siguiente isla, Eysturoy, visitarían el pueblo de Gjógv, el mirador de Hvíthamar, la famosa iglesia Funningur, el pueblo Elduvík, el pueblo Oyndarfjorour, el mirador Risin of Kellingin.

Sin dejar atrás en la isla Borooy el mirador Klakkur y la remota aldea de Múli.

En la isla Kalsoy para terminar visitarían el faro de Kallur. Luego pasar por un puente para brevemente visitar en la isala de Kunoy la famosa Kunoy Villa. Y por último antes de regresar a Vágar visitarían el pueblo de Vióareioi y el cabo Enniberg en la isla Vióoy.

Una vez trazó la ruta a seguir, hizo la reserva de todo y cerró haciendo el pago.

Sería su sorpresa para Olivia el día de la boda.

Con respecto a su despedida de soltero, los chicos y sus amigos le habían organizado un fin de semana en una villa en el municipio de Tejeda, contaba con piscina, jacuzzi, seis habitaciones dobles que harían las delicias del grupo.

Aquel fin de semana las chicas hicieron la despedida de Olivia en el municipio de Teror.

Los chicos lo pasaron genial, juegos, catering y muchas risas. Daniel en todo momento se mostró feliz por cada gesto de sus amigos hacía él esos días.

Sus familiares más directos, sus hermanos con sus respectivas parejas y su sobrino habían confirmado su asistencia a la boda, no se alojarían en el hotel, pero llegarían ese día a tiempo para la ceremonia. Sus tres primos con los que se crio también confirmaron de inmediato su asistencia a la ceremonia, se alegraron tanto por él que apenas podían evitar mostrarse felices por su casi hermano.

Así que...Daniel se sentiría arropado por su familia en ese día tan especial para él.

Echaría de menos a su madre y a la tía Pino. Que tanto amor le dieron en su niñez, ese día las llevaría en el corazón.

Elegir su traje para el evento apenas fue un problema, un traje chaqueta en tonos azules le daban un aire sofisticado, camisa blanca y corbata en tonos azul marino. Por su parte lo tenía todo listo para el gran día.

Capítulo nueve. A la luz de la luna.

Una vez los camareros sirvieron la cena, se dispusieron a pasar una velada íntima entre amigos antes de la ceremonia.

—Me gustaría aprovechar este momento tan especial para brindar por los novios. —dijo Sonia para llamar la atención de los comensales.

—¡Por supuesto! Haz los honores. —la invitó Daniel a seguir la iniciativa.

—Bueno… sé que esto puede sonar cursi y todo eso, pero… no puedo estar más feliz por vosotros, el universo ha querido que unáis vuestras vidas para convertiros en compañeros de vida, compartir lo que la vida os depare, amor, risas y todas las cosas buenas que os merecéis… Así que… ¡Por los novios! —terminó diciendo al alzar la copa.

—¡Por los novios! —exclamaron todos al unísono.

—De verdad... muchas gracias a todos, no os podéis imaginar lo que os queremos. —les confesó Olivia emocionada.

—Bueno... yo también os quiero, pero a los chicos menos... —dijo en tono de broma Daniel despertando en el grupo las risas.

—Yo en particular tengo que admitir que jamás esperé que estas chicas tan lindas encontraran a estos muchachitos tan formales, me alegro de no seguir siendo el único hombre del grupo, gracias a todos por la parte que

me toca, me sentía muy solo.
—argumentó Fernando para
seguir con el toque de humor
que había adquirido la cena.

—La verdad Fer, que te
tenemos que agradecer que las
hayas cuidado tan bien antes
de que llegáramos. —
manifestó el chico de Susana
sin dejar decaer el ambiente.

—Pero no te puedes imaginar
lo solo que me sentía. —
exclamó Fernando poniendo
los ojos en blanco.

—Cualquiera diría que te
hemos dado solo penas estos

años. —le recriminó Sonia riendo.

—Sabes que no… pero si es cierto que echaba de menos esta parte masculina que hoy nos acompaña. —aseguró señalando al elenco de los chicos.

—¡Juntos somos invencibles! —proclamó riendo la pareja de Sonia. —la verdad yo estoy muy a gusto con todos vosotros, siempre os lo he dicho y sobre todo por acogerme en el grupo. — confesó poniendo las manos juntas a modo de rezo.

—Aún recuerdo cuando el último integrante del grupo llegó. – soltó Daniel mirando al chico de Susana. —la verdad que llegaste por sorpresa, nadie imaginó este final.

—Te puedo decir que nosotros tampoco lo imaginamos. —confesó él ante las risas del resto. —lo que empezó con una simple amistad ha acabado no sólo con unos grandes amigos, sino con algo más no sólo a nivel pareja sino también profesional —afirmó mirando a Beatriz con cariño.

—Yo ahí te tengo que dar la razón. —fuiste un halo de aire fresco en ese sentido. —aseguró Beatriz agradecida con su compañero de trabajo.

—¡Este año ha sido increíble! —sostuvo de nuevo la copa en alto Susana para invitar a otro brindis, esta vez por el grupo tan genial que formaban.

La noche fue avanzando entre brindis, risas, alguna confidencia y sobre todo el buen ambiente que había entre todos los miembros de esta gran familia que formaban.

Al concluir la cena se dirigieron a La Brasserie, un disco bar ambientado en la cultura jazz, donde permanecieron hasta altas horas de la noche degustando alguna de las bebidas especialidad de la casa.

Al despedirse hasta el día siguiente, las chicas se dieron sendos abrazos y los chicos chocaron las manos cordialmente. Cada pareja se retiró a su habitación.

Olivia se descalzó en el pasillo antes de llegar a la habitación, sintiendo la suave moqueta que lo decoraba. Al abrir la puerta, se empinó para llegar a los dulces labios de su futuro marido. Él rápidamente le correspondió llevándola en brazos al dormitorio donde tras ponerla en el suelo, la sedujo una noche más sin tregua.

Beatriz y Fernando se acurrucaron mientras hacían la posición de la cucharita, él le besó el hombro mientras suspiraba, adoraba el olor de la piel de su mujer, ya era casi suyo tras treinta años a su lado… ella se giró para besarlo y así, muy lentamente se amaron con dulzura.

Susana y su chico se tomaron una última copa en la terraza mientras comentaban lo vivido esa noche. Reían mientras bromeaban hasta casi llorar…Susana adoraba esa manera de su chico de llenarla de tanta felicidad en un instante, y de esa manera, poco a poco hilaban una vida, uniendo instantes.

Sonia apenas pudo contener poseer la boca de su amor según se cerraron las puertas del ascensor.

La pasión de sus besos lo llenaron de un frenesí que no quiso controlar. Apenas llegaron a la habitación se desvistieron acompasadamente sin dejar de besarse… una vez más intentaban calmar ese deseo voraz que sentían el uno por el otro. Siempre había hambre del otro, siempre era buen momento para saciar el deseo, siempre juntos.

Capítulo diez. Susana

Aquel año fue increíble para ella. Laboralmente todo iba a pedir de boca, el cambio de centro le resultó ser un acierto. Apenas le importó la idea de desplazarse a un municipio fuera de la capital donde vivía. A quince minutos por la autopista GC-3 la llevaban al municipio de Santa Brígida, tranquilo y apacible…donde familias llevan viviendo generaciones enteras, todos se conocen, se aprecian y a ella le dieron una calurosa bienvenida.

Se sintió bastante cómoda desde el primer minuto que pisó las instalaciones. Le costó poco acostumbrarse al envío de magdalenas o dulces hechos por madres o abuelas agradecidas.

Con Luis todo iba bien, se trataban como siempre, con respeto como dos amigos que de alguna manera se sienten atados a un pacto, los gemelos merecían una buena relación entre sus padres, y ese, sin duda, era el pacto entre ellos. A mediados de año Luis conoció a una chica que parecía cumplía las expectativas de él, se mostraba más cariñoso con los niños y ellos mismos le contaban a Susana que ella era puro amor con ellos y a ella con eso le bastaba.

Pero sin duda lo mejor que le había pasado a Susana en ese año fue conocer a su chico.

Al final tanto buscar en las apps de citas y redes sociales no sirvieron, lo conoció a pie de calle, de la manera más sencilla, la de toda la vida…también es cierto que jamás pensó que pudiera suceder, si echa la vista atrás, ni siquiera se había fijado en él, alguien simpático que la atendía con una sonrisa igual que al resto, nada especial. No fue un flechazo ni hubo fuegos artificiales, nada de eso sucedió, pero a medida que fue tratándolo se dio cuenta de la persona que estaba detrás de aquella sonrisa cada mañana.

Sin apenas darse cuenta pasaron de un simple «buenos días» a conversaciones más largas, para saber un poco más el uno del otro y, de esa manera fueron llegando los sentimientos.

Una tarde se dieron los números de teléfono y ahí llegaron las conversaciones por Whatsapp interminables, una noche decidieron quedar a tomar algo, Susana presa de los nervios no sabía que ponerse, cuanto hubiera agradecido algún consejo de moda de su amiga Sonia, pero, no había dicho nada, tenía reparos en contárselo, por quién era, por la diferencia de edad entre ellos y los prejuicios que, se consolidaron en su mente.

Aquella noche fue sin duda una de las mejores citas en años que los dos habían tenido. Pasearon por la playa de Las Canteras, cenaron algo en una terraza, decidieron tomar helado de postre en otro establecimiento, sin parar de hablar, de mirarse con timidez, de rozar las manos con algo de vergüenza, como si fueran adolescentes, pero deseando devorarse sin pausa…hablaron sin parar, de los niños, de planes que tienen para el futuro, sueños, gustos…curiosamente coincidían en muchos aspectos, y eso le encantaba.

Esa noche no hubo beso en los labios, un abrazo y dos besos en las mejillas fueron suficiente para que supiera que sin dudarlo ni un ápice era él lo que llevaba tiempo buscando.

Poco a poco se fueron buscando, robando minutos a sus ajetreadas vidas para verse, estar juntos, sentirse cerca del otro, cualquier plan era el ideal si estaban juntos. Y aquella mañana mientras reían en el desayuno sucedió, se besaron... fue sencillamente mágico.

Pasados unos meses decidió contárselo a Sonia. La citó en la cafetería de Samuel, cuando Sonia terminó su clase fue al local y allí la esperaba, el corazón le iba a mil, ella pensaba como empezar, y sobre todo, darle un motivo para ocultárselo tanto tiempo.

Se dieron un abrazo y un beso, se sentaron en la mesa del fondo. Sonia le sonreía sin esperar lo que iba a ocurrir.

—Mi niña bella, cuanto tiempo sin verte, has estado realmente ocupada para no dejarte ver el pelo. —le reprochó Sonia con cariño.

—Bueno, sí... he estado en mil cosas, pero ya estoy aquí. ¿Cómo estás? Cuéntame cómo va todo en tu corazón, quiero saberlo todo. —soltó casi de carrerilla para desviar la atención hacia Sonia.

—Pues bueno… ya sabes que a su lado es todo nuevo, es volver a nuevas oportunidades. —empezó brevemente para poco a poco poner al día a su amiga de lo feliz que estaba.

Susana la escuchaba atentamente, estaba feliz por ella, al final todas habían encontrado el amor que buscaban, a la carta, ideal para cada una de ellas, a medida como el traje de un sastre.

Cuando Sonia terminó de contarle con lujo de detalles el cambio en su vida, ella se dispuso a contarle su secreto.

—La verdad es que me alegro mucho por ti, después de tanto dolor has conseguido ser feliz. Yo también quería contarte algo… he conocido a alguien, llevamos un tiempo saliendo…no te había contado nada porque…no estaba segura de si iba a cuajar y no quería contarte otro fracaso, pero Sonia, creo que es él.

—¿En serio…? No te puedes imaginar lo feliz que me hace saber esto. Y bueno… ¿quién es? …cuenta y no te dejes nada en el tintero. —le suplicó mientras le hacía señas a Samuel para que trajera otro café especial para las dos.

Samuel interrumpió brevemente la conversación para servir los cafés, les sonrió al dejarlos en la mesa y pasados unos minutos siguió sus quehaceres en el resto de las mesas.

Susana le explicó todo despacio a Sonia, ella entendió perfectamente el motivo del secretismo de ella. La cogió por la mano y le dio su apoyo incondicional, se alegraba tanto por ella que no cabía en sí, sentía la necesidad de levantarse de la silla y saltar como una niña pequeña a favor de su amiga, esa niña interior que siempre ha mantenido viva.

Al terminar la tarde, se despidieron allí mismo, Susana se marchó dejando a Sonia ir al baño antes de marcharse. Al salir Samuel le sonrió y ella le dio un abrazo. Le deseó buenas noches, mañana se verían otra vez como cada mañana.

La despedida de soltera de Olivia fue todo un evento para las chicas, en una villa en Teror, ellas, las compañeras más íntimas del trabajo y su hermana conformaban el elenco para ese fin de semana.

Todo debidamente organizado, la disposición del catering, regentado por la empresa de Beatriz, para no tener que estar pendientes de la comida. Cada día subían a la villa los platos elegidos para las tres comidas de ese día.

El viernes por la tarde llegaron, le esperaba un cóctel de bienvenida y unos entremeses, las invitadas fueron llegando en cortos intervalos de tiempo, a las siete estaban todas instaladas en sus habitaciones dispuestas a disfrutar de todo lo que la anfitriona había organizado. Para la cena tuvieron una deliciosa cena oriental ambientada por un grupo musical del mismo país. Las conversaciones pausadas hicieron la velada un sueño hecho realidad.

El sábado temprano sirvieron el desayuno y tuvieron una sesión de yoga. Seguido de masaje de pies y manicura.

Un descanso en la piscina hasta la hora del almuerzo, dónde degustaron una exquisita paella de mariscos, hecha por el chef en el jardín… la tarde de juegos de mesa, alguno más atrevido de preguntas picantes y sobre las ocho, sirvieron cócteles, cena fría de entremeses, todo acompañado por la música de un DJ hasta la madrugada, hizo las delicias de las invitadas y la futura novia.

El domingo desayunaron algo más tranquilas y fue el momento de agasajar a la novia con los regalos. Por último, el almuerzo con productos canarios y al atardecer tocaba despedirse del grupo.

En conjunto lo pasaron genial, se conocieron un poco más y se volverían a ver el día de la boda.

Susana hizo mentalmente una recopilación de todos los detalles que Olivia iba organizando en su boda, quién sabe, quizás ella también tenga que organizar una. Al verse pensando en eso, sonrió y se metió en el coche de Sonia junto a Beatriz… aunque, no le desagradaba la idea.

Capítulo once. Nuevo amanecer.

Beatriz se despertó sobre las siete, Fernando estaba en la terraza leyendo cuando ella se acercó y le besó la frente con dulzura.

—No te oí levantarte. —le susurró acurrucándose con él en el gran sofá en colores claros.

—Intenté no hacer ruido para no despertarte amor. —le

respondió haciéndole hueco en sus brazos mientras cerraba el libro.

—He dormido muy bien, caí redonda.

—Y mira a qué hora te levantas, con lo rica que está la cama... —le sugirió volver a meterse entre las sábanas.

Ella no puso objeción alguna, se acurrucaron muy juntos y así pasaron las primeras horas del alba.

En otra de las lujosas habitaciones del hotel, una pareja se encontraba envuelta en besos, desnudos... acariciándose sin dejar un centímetro sin recorrer, sin apenas hablarse, mirándose en silencio, las pupilas dilatadas revelaban el deseo mutuo que sentían. Se amaban con una intensidad abrumadora, sabían todo del cuerpo de su amante, amigo y compañero...en aquellos momentos ellos dos eran sencillamente uno solo.

Susana por otro lado aún dormía, le gustaba mucho disfrutar del sueño que viene después de desvelarse para ir al baño, esa parte le sabía intensamente. Su chico había salido a correr por la avenida bien temprano, así que, la cama para ella sola, eso era doble disfrute. Solo de pensar en su vuelta, en sentirlo en la ducha refrescándose después del ejercicio se excitó. Mordiéndose el labio intentó volver a dormirse.

Mientras en la Suitte View una Olivia se estiraba antes de levantarse, Daniel estaba de espaldas a ella, aún dormido… ella se abrazó a él y sintió su espalda desnuda en su pecho. Suavemente le besó cada milímetro de su piel. Entre sueños Daniel sintió la boca de su chica que hizo se despertara en todos los sentidos, enseguida sintió la mano de ella buscando entre sus piernas.

Tras descubrir la excitación de su chico, lo puso bocarriba para subirse sobre él ávida de su cuerpo.

Sobre las nueve fueron coincidiendo en el comedor para el desayuno, cogieron una mesa para ocho y una vez más disfrutaron de la compañía del grupo.

—¿Qué tal habéis dormido? Nosotros lo hemos hecho como unos bebés, hacía tiempo que no dormía fuera de casa tan bien. —añadió Susana mientras el resto untaba mermelada o mantequilla en las tostadas que Daniel trajo para todos.

—Yo la verdad que cogí el sueño súper rápido… ¿verdad cariño? —Soltó irónico dirigiéndose a su chica, a lo que Sonia le sonrió pícaramente a sabiendas que se habían amado hasta altas horas de la madrugada.

—Yo como siempre y da igual donde duerma, a las seis estaba en planta…y por más que lo intento, nada de nada. —argumentó Fernando casi molesto.

—Siempre has sido de despertarte bien temprano, es lo que tiene tu trabajo. —le respondió Sonia dándole la razón a su molestia.

—Son muchos años madrugando bastante y ahora que tengo más tiempo no hay manera de coger otro ritmo. —explicó al resto subiendo los hombros al abrir las manos.

—¿Estás de excedencia verdad? —preguntó el chico de Susana intentando conocer algo más de Fer.

—Sí, hace unos años que decidí hacer el sacrificio de terminar una carrera universitaria y aprovechando que al fin tengo el título quiero sacar unas oposiciones, con una carrera las probabilidades son mayores y he pedido seis meses de excedencia para ponerme a tope, no me veo con fuerzas para volverlo a intentar, es ésta o ninguna. —argumentó seguro de su decisión.

—La verdad que es admirable. —dijo el chico de Sonia —Yo en estos momentos sería incapaz de volver a hincar codos.

—A ver... tú tienes un buen trabajo, pero yo no me veo jubilándome donde estoy, me gustaría tener alguna mejor en mis últimos años laborables.

—¡Haces muy bien Fer! —lo animó Olivia orgullosa de su tesón para seguir un sueño.

—No creas, que los quebraderos de cabeza que le crea todo esto no se los quita nadie. —espetó Beatriz dándole un pequeño matiz a tanto esfuerzo.

—Me imagino —justificó Olivia —pero también es verdad que a nuestra edad estas cosas requieren un esfuerzo titánico.

—Sea como sea es digno de admirar. —aplaudió Daniel la idea de su amigo de tener algo mejor para sus años antes de la deseada jubilación.

—Y gracias que ahora mismo nos lo podemos permitir gracias al trabajo de ella. —añadió Fernando dando a demostrar que el apoyo de su mujer era imprescindible.

—El apoyo en la pareja es fundamental —apoyó Daniel.

—Bueno, ¿qué pensáis hacer? —preguntó Olivia al resto. —nosotros estaremos atentos, en breve llegan mis padres y algunos de los invitados, siento que no podremos estar más con vosotros hasta la boda. —dijo con cierta murria.

—¡Ni te preocupes por eso! Nosotros estaremos por aquí disfrutando de este lugar maravilloso, tú y Daniel atended a los invitados. —dijo Sonia justificando a su amiga.

El resto del grupo acordaron verse en la piscina lago para pasar la mañana, mientras Olivia y Daniel iban a recepción para preguntar si habían llegado el resto de invitados y que los avisasen llegado el momento.

Capítulo doce. Beatriz

Aquella propuesta de su jefe dejó a Beatriz bastante perpleja. Su ascenso dependía de alejarse de su familia entre semana para volver a estar con ellos el fin de semana. Fernando le dio carta blanca para que decidiera ella. No quería limitar su carrera profesional, por supuesto que para él sería muy duro tenerla fuera de casa cinco días a la semana, por tiempo indefinido. Pero sentía que no podía hacer presión para que se quedara en la isla.

Durante días debatieron los pros y contras de esa nueva situación.

Una mañana quedó con Sonia para pedirle consejo, sabía que el punto de vista de alguien de fuera sería bastante revelador en este momento tan importante.

Quedaron en la cafetería de Samuel, allí le contó la situación detalladamente a su amiga mientras sus ojos brotaban algunas lágrimas sin poder contenerlas.

Samuel al ver a Beatriz tan afligida se acercó a la mesa con un trozo de tarta y dos cucharas.

—Perdón por interrumpir, no he podido ver que estáis en una conversación complicada, he traído refuerzos, esta receta nunca falla.

—¡Muchas gracias! Por cierto, ¿tienes un minuto? Me gustaría que te sentaras un ratito con nosotras —invitó Sonia a Samuel apartando la silla de la mesa para que la ocupara.

—¡Por supuesto! Lo que necesitéis... —dijo él dispuesto a compartir con ellas la mesa y la tarta mandando a pedir otra cuchara a su compañero.

Beatriz no entendía por qué Sonia invitaba a Samuel a compartir aquella conversación tan importante hasta que ella muy serena les explicó a los dos su idea.

Aquella reunión improvisada trajo algo de claridad a Beatriz, su semblante cambió y un atisbo de ilusión se instaló en su sonrisa.

La conversación se prolongó bastante, tanto… que continuaron un rato más después de cerrar la cafetería.

Al llegar a casa Beatriz puso al corriente a Fernando de la conversación con Sonia y Samuel, de cómo las ideas de ambos le habían dado una salida a la encrucijada en la que estaba inmersa… Fernando la escuchó atentamente sin apenas creer lo que

Beatriz le estaba proponiendo… lo único que pudo retener es que estaba barajando la idea de quedarse en la isla renunciando a ese tan esperado ascenso.

En el fondo agradecía a Samuel haberle contado a su mujer su experiencia en otras empresas que le habían ofrecido lo mismo a cambio de promesas incumplidas.

Dos semanas después Beatriz le comunicó la decisión que había tomado a su jefe y sin volver a mirar atrás, siguió con su trabajo.

Ella disfrutaba entre fogones, crear nuevas recetas, innovar… seguía teniendo la responsabilidad de que todo saliera a pedir de boca… pero ahora era diferente, tenía claro cuáles eran las prioridades…

De la misma manera Olivia no dudó en dejar en sus manos el catering de la boda, para Beatriz fue un encargo vip… siendo una de sus amigas y por lo importante del evento, coordinó todo en el hotel, teniendo a su personal a entera disposición.

A mes y medio de la boda dedicaron una mañana para la cata de vinos que iban a servir, Beatriz los llevó directamente a la bodega de más renombre en la isla, allí degustaron un tinto hecho con variedades de uva Listan negro y Negramol. Ligero aroma a tostado debido a su paso por barrica de roble francés… un sabor fresco, sugerente y con un toque afrutado.

Para el blanco se decantaron por una variedad de uva Listan blanco y Albillo. Con un toque semiseco que lo caracteriza la ausencia de azúcar.

Tanto Olivia como Daniel quedaron encantados con la atención prestada por los propietarios de la bodega, sus explicaciones, la visita guiada y por supuesto la degustación. Vieron a Beatriz desenvolverse con profesionalidad en el ambiente vinícola, sinceramente, Olivia nunca imaginó que Beatriz fuera una entendida en vinos, pero tenía que reconocer que era toda una sommelier.

Antes de irse una vez hecho el encargo para la boda, decidieron llevarse algunas botellas para casa, harían las delicias en cualquier cena o reunión entre amigos.

—La verdad nos has dejado sorprendidos con tus conocimientos sobre vinos. —espetó Daniel mientras se dirigían al coche.

—Bueno… antes de venir aquí trabajé en Tenerife en una bodega unos cuantos años, y como suelen decir, el hábito hace al monje, pero la verdad, agradezco aquellos años para ahora poder llevar la empresa con toda la profesionalidad que necesitamos para llevar su nombre a los más alto.

—Puedes decir con total tranquilidad que lo estáis consiguiendo. —argumentó Olivia a su amiga.

—Estamos muy contentos, hemos despegado rápido, nos llegan solicitudes para cubrir eventos de todas partes de la isla, es increíble lo acelerado que va todo. —respondió Beatriz con esa chispa en los ojos que tienes cuando estás satisfecha con lo que haces y su resultado.

Capítulo trece. Piscina Lago

El grupo acordó tras el desayuno reunirse en la piscina Lago, con casi cuatro mil metros cuadrados, era sin duda la piscina más grande del resort.

Los novios se ausentaron tras el desayuno para esperar a los padres de Olivia y al hijo de ésta, igual que al resto de los invitados que pasarían esa noche en el hotel. El resto vendrían unas horas antes de la ceremonia.

Las chicas buscaron un lugar tranquilo al pie de la piscina

mientras los chicos se dirigieron al snack bar a por unos zumos.

—Este fin de semana está resultando un verdadero sueño. —soltó Susana suspirando.

—Pues sí… y mañana el gran día… ¡Qué nervios! —exclamó Sonia frotándose las manos.

—¿Sobre qué hora viene Pino y su equipo de peluqueras? —preguntó Beatriz a Sonia que era la que había concretado ese tema.

—Sobre las doce, para que tenga tiempo de maquillarnos y peinarnos a todas antes de ponerse con Olivia.

—¿Vamos a estar maquilladas tan temprano? Se nos va a correr la máscara de pestañas. —argumentó Susana riendo.

—No mujer, nos peinará primero y por último maquillaje, de todas maneras, viene con dos chicas de su equipo. —sacó de dudas Sonia a Susi cogiéndola de la mano para tranquilizarla.

—¡Ya decía yo...! —volvió a soltar Susana tirándose sobre la hamaca.

—¿Qué tenéis pensado haceros? —preguntó Beatriz curiosa. —Yo me lo dejaré suelto, mis rizos no están para mucho recogido. —suspiró al tocarse el cabello.

—Yo quería que me lo dejara suelto con unas ondas suaves. —explicó Sonia mientras se ponía en la piel protector.

—Bueno, yo con mi pelo tan cortito que me ayude con el tocado y listo. —sonrió Susana haciendo una mueca que sacó la sonrisa de sus amigas.

—¿Estas chicas tan lindas han pedido algo de beber? —preguntó el chico de Susana portando una bandeja con las bebidas de ellas.

—Mira que bien te queda la bandeja… ¿te viene de familia? —preguntó Beatriz haciéndolo reír.

—Digamos que lo llevo en la sangre —exclamó guiñándole un ojo al darle su zumo de arándanos.

—Gracias…   —susurró Beatriz sonriendo al coger su bebida.

—Y bien chicas…ya queda nada… ¿estáis lista para la boda de Olivia y Daniel? —preguntó el chico de Sonia mientras buscaba un hueco a los pies de su chica en la hamaca.

—Si te soy sincera… aún no me lo creo… —espetó Susana sorbiendo su zumo de papaya y naranja.

—Es que…parece un sueño. Hace un par de años estábamos en la cafetería de siempre mirando fotos de perfiles y compartiendo anécdotas de lo más variopintas. —argumentó Sonia al besar los labios a su amor.

—Y ahora… todas felices con nuestros amores… brindo por ello… —alzó la copa Beatriz a lo que el resto la siguió para brindar por los recuerdos y la nueva vida que todos tenían.

—Y… ya sabemos que nosotras tenemos todo listo, pero, y los chicos… ¿todo listo para mañana? Espero que todos vayáis hechos unos pinceles. —Soltó Susana jugando con la pajita de papel de su bebida.

—¡Eso no lo dudes! … estaremos a la altura de nuestras acompañantes —se levantó Fernando a modo de saludo militar desatando las risas.

—Buenooo… es que lo de hacer de parejas de honor no nos dejaba mucho margen tampoco… —exclamó el chico de Susana subiendo los hombros mientras abría las palmas de las manos hacia afuera.

—Pero creo que será súper bonito toda la puesta en escena que tienen pensada. —argumentó Sonia feliz ante la idea de pasar por el pasillo nupcial del brazo de su amor.

—Pues sí, será precioso... como volver a casarnos mi amor —dijo Beatriz mirando a Fernando a lo que él le disparó un beso.

—Buenos días, ¿cómo están las mujeres más bellas de la piscina?... —se oyó a lo lejos.

Eran los padres de Olivia, su padre siempre tan cariñoso con las amigas de su hija, repartió besos a todas ellas y estrechó con cariño las manos de los chicos mientras buscaba donde sentarse. Su mujer hizo lo mismo sin dejar de sonreír, se notaba que este momento los hacía muy felices.

—¡Que guapas estáis! Y que bien acompañadas —exclamó la madre de Olivia mientras los miraba a todos sonriendo.

—Guapa usted doña, está fabulosa —le respondió Sonia mirándola con cariño, la conocía hace años y los adoraba.

—Pues si mi hija, quién lo iba a decir… la niña se me casa —dijo emocionado el padre.

Estuvieron con ellos un buen rato hablando largo y tendido. Sobre las dos y media el grupo decidió almorzar en el bar de la piscina, con una especie de picoteo informal sería suficiente para aprovechar el día en la piscina antes de la locura que les esperaba al día siguiente.

Capítulo catorce. Adrián

De todo lo que Adrián pudo esperar de aquel año, jamás imaginó todo aquel remolino de acontecimientos.

Decidió presentarse a las pruebas para un cambio de puesto, eligió la comisaría general de policía científica. Tras prepararse duramente las pruebas y con los cursos impartidos por la propia comisaria, pudo optar a una plaza en la Jefatura Superior de Policía de Canarias.

Todo eran ventajas ya que, ahora estaba en la capital, más cerca de casa y con más trabajo de oficina. Asistir a los lugares sin uniforme y el trabajo minucioso que llevaba ese puesto. Cuando llevara dos años en el puesto, podía prepararse el ascenso a subinspector. Sin duda, era lo que tenía en mente ahora mismo. Aprender todo lo posible para lograr ese ascenso en su carrera que le llevaría a subir un escalón a nivel profesional y personal.

Seguía manteniendo su vivienda en Siete Palmas, su hijo Aythami ingresó en la universidad de Las Palmas y se vino con él a vivir… para la madre fue un gran cambio, acostumbrada a estar con él. Primeramente, se opuso, pero tenía que reconocer que en Lanzarote las opciones de estudios superiores no existen, sólo las islas mayores tienen universidad, por ello, tuvo que acceder a ver como se marchaba con su padre a Gran Canaria.

Para ellos fue todo un reto, al principio la convivencia fue un poco chocante. Aythami, acostumbrado a que su madre le hiciera prácticamente todo lo necesario para facilitarle la vida más allá de su aseo personal y alimentación, se dio de bruces con un padre independiente que le exigió lo mismo en su terreno.

Poco a poco se fue adaptando a la vida organizada de Adrián y llegó a agradecerle, aunque con la boca pequeña, que le hubiera dejado ser él mismo y aprender a valerse solo en sus propias necesidades básicas.

Los padres de Adrián estaban encantados con la llegada de su nieto, el cual, pasaba bastante tiempo con ellos, sobre todo en las ausencias de su padre del piso. Incluso la vivienda de sus abuelos le quedaba más cerca de la universidad, podía ir caminando sin tener que usar la guagua para llegar.

Hablaba con su madre a diario, incluso ella llegó a venir algún fin de semana para verlo, alojándose en casa de alguna amiga o en un hotel de la capital.

Su relación con Adrián era correcta. Después de la separación le hizo la vida imposible, ante la sospecha de que hubiera otra mujer en su vida, dedicó cada minuto de la suya a hacerle ver que se había equivocado.

Yaiza nunca superó la pérdida de su marido, no entendía como el amor se había esfumado y había dejado de amarla.

En cuanto tuvieron la separación Adrián buscó un nuevo piso cerca del domicilio familiar para estar lo más próximo a su hijo. Esto llevó a Yaiza a una locura sin fin... a veces pasaba por la calle de la vivienda para ver si Adrián se encontraba, si lograba verlo con alguien. Se obsesionó con él sin poder remediarlo. Al punto de que su paz mental se vio afectada y recurrir a un profesional fue algo casi obligado.

Aprender a gestionar todas aquellas emociones, sobre todo, la rabia hacia Adrián no fue tarea fácil.

Cuando él decidió irse a Gran Canaria ella en el fondo respiró, no tenerlo por allí le vendría muy bien para gestionar sus sentimientos hacía él... ella seguía amándolo con todo su ser.

Cuando iba a ver a su hijo, ella evitaba encontrárselo. Prefería cerrar los ojos, imaginarlo infeliz, demacrado y arrepentido.

Cuando terminó el curso y volvió a Lanzarote para la orla de Aythami no pudo evitar verlo. Lo encontró más guapo aún que cuando se marchó. Bronceado, sonriente y tan apuesto como lo recordaba.

Él siempre educado y atento la saludó con un beso mientras la abrazaba, ella se sintió morir... pero resistió la jugarreta que según ella le había jugado el destino.

Ahora después de dos años de la ruptura, al tener a su hijo con él, siente que vuelven los fantasmas, Aythami le ha contado que su padre ha conocido a alguien y está muy enamorado, feliz, radiante.

Por más que ha intentado sonsacarle información sobre ella a Aythami, no ha conseguido mucho más allá de que es alguien muy divertida y que le cae muy bien.

Aythami es consciente de como procesa la información de su padre y apenas le cuenta nada. Pero también es cierto que a veces, sin quererlo, se le escapan detalles… cuando ve que entra en bucle le cambia de conversación o le dice que tiene que cortar, tiene sus propios trucos para no verse en medio.

Pero era cierto, Adrián estaba feliz, enamorado y disfrutando de su relación de pareja de la mejor manera. Tener a su hijo en casa no le impedía pasar en casa de su chica la gran mayoría de las noches de cada semana. No podía separarse de ella, no quería hacerlo, se sentía cautivado por este amor, que tenía la intensidad de cualquier amor de la adolescencia.

Sus padres la adoraban, su hijo tenía en ella una gran amiga con la que reír sin parar y pasar buenos momentos. Atrás quedaron las tardes en soledad viendo la tele sin ganas.

Y atrás quedó también aquella tarde de domingo de vuelta de Madrid. Llegar a Gran Canaria con el corazón acelerado ante la expectativa de que Sonia estuviera esperándolo.

Al salir con su equipaje la buscó entre la gente, miró a ambos lados y no la vio, sacó sus gafas del bolsillo de la chaqueta y cubriendo su decepción tapando sus ojos se dirigió a la parada de guaguas más cercana.

Capítulo quince. Última noche

Se retiraron a las habitaciones casi al anochecer, quedaron en hora y media en el restaurante para disfrutar de la cena antes de la boda con todos los invitados y familiares que se alojaban en el hotel.

Beatriz y Fernando se ducharon juntos para aprovechar el tiempo, en casa también lo hacían siempre que podían. Compartir cualquier momento era una premisa en su vida en común.

Sonia ya vestida observada tumbada bocabajo en la cama como su chico andaba de aquí para allá preparándose, le encantaba mirarlo, se quedaba embobada mientras él se desplazaba por la habitación vistiéndose, él solía mirarla de reojo, le encantaba sorprenderla mirándolo, sentía que el tiempo se paraba cuando lo miraba. Se plantó delante de ella y le preguntó abrochándose la camisa.

—Señorita… ¿le gusta lo que ve?

—Mucho… —se incorporó buscando su boca.

Se besaron dulcemente para ganar intensidad al instante… -se abrazaron y ella suspiró…

—¿En qué piensas amor? —le preguntó mirándola con ternura.

—En lo afortunada que soy de tenerte en mi vida… y pensar que casi te pierdo…

—Eso no iba a ocurrir jamás princesa… te quiero demasiado para dejarte en el camino. —le dijo al volver a besarla.

Al terminar de prepararse bajaron al buffet y se unieron al grupo.

Susana colocaba el cuello de la camisa de su chico mientras le besaba sonriendo… adoraba tenerlo cerca, sentir el olor de su piel, todo era perfecto en él para ella.

—Si no me sueltas vamos a llegar tarde… —le susurró mientras ponía los ojos en blanco en modo cómico.

—Nos podrán esperar un poco más, seguro… —le dijo dándole una palmada en la nalga para ir a por el bolso y salir de la habitación cogidos de las manos.

Una vez todos en el restaurante se dirigieron a la mesa que tenían reservada, junto a la familia y amistades cercanas, Daniel y Olivia se dispusieron a disfrutar de la última cena como solteros.

Aquella velada sería irrepetible, el padre de Olivia al terminar los postres se levantó de la silla y con el tenedor dando pequeños golpes en la copa, llamó la atención de los comensales.

—Me gustaría aprovechar para hacer un brindis por esta extraordinaria pareja a la que todos los presentes apreciamos en sobremanera y que mañana se unen en matrimonio…que puedo decir de mi hija… que la adoro, siempre me ha demostrado que era una chica con carácter, tesón y valentía… ha sido capaz de criar a su hijo ella sola, de sacar adelante mi empresa y llevarla a lo más alto… y claro, no merecía a cualquiera a su lado. La espera ha sido larga, pero, al fin llegó este hombre increíble, para apaciguarla, llenarla de dicha y amarla como se merece, Daniel... te quiero, has sido capaz de darle todo lo que ella merecía y más... por siempre agradecido contigo, bienvenido a esta familia que desde el primer día que te conoció ya te adoraba. Por mi pareja favorita, que seáis muy felices y juntos disfrutéis del amor cada día con la intensidad del primer día. —levantó la copa emocionado y todos se unieron al brindis para terminar con aplausos para ese padre orgulloso y para esa pareja tan infinitamente feliz.

La fiesta terminó en el casino a altas horas de la madrugada. Las risas, el buen ambiente reinaron en todo momento dejando en los presentes un muy buen sabor de boca.

Capítulo dieciséis. Sonia

Aquel año fue para Sonia un puro espectáculo.

A nivel profesional, fue el año dónde todo el esfuerzo de años anteriores catapultó su nombre.

Los retiros espirituales le dieron bastante publicidad en el sector, invitada a masterclass y webinars. Vio como sus clases de meditación se llenaban como por arte de magia.

Necesitando contratar personal para cubrir más horario fue como conoció a Ángeles… una chica joven y con ganas de cambiar el mundo, a veces le hacía preguntas a Sonia sobre los planes del universo y la fórmula para decretar… se quedaba en silencio escuchándola, la consideraba su maestra y procuraba hacerle caso en todo lo que le aconsejaba.

Formaron un buen equipo, ella se encargaba de las dos clases de meditación y yoga que había por la tarde, al tener la titulación, Sonia pudo añadir esa actividad en su local con gran expectativa.

Lo más duro de ese año fue perder a su compañero peludo, Goody cruzaba el arco iris después de casi dieciocho años con Sonia. Para ella fue una gran pérdida, fue su amigo en todo momento, compañía en las tardes solitarias de invierno. Quién se acurrucaba junto a ella cuando la sentía llorar y lamía sus manos en señal de apoyo incondicional.

Despedirlo no fue tarea fácil. Al salir del veterinario después de darle el último adiós depositó su collar azul en la palanca de cambios de su coche y allí permanecía… para seguramente sentir que seguía con ella de alguna manera.

Tampoco había quitado de casa su cama ni sus juguetes. Les decía a todos que lo dejaba para cuando viniera a visitarla tuviera su sitio y sintiera que ella no lo olvidaba.

Su chico pensó en regalarle otro perrito, pero ella prefirió esperar un tiempo, no se veía con fuerzas de sustituirlo, sentía que traicionaba a su grandísimo compañero.

Una noche de verano venían de casa de los padres de Sonia cuando oyeron el maullido asustado de un gatito. Buscaron en el jardín por si había perdido el rastro de su madre, guardaban silencio para guiarse por su maullido, ya que, cuando oía voces se callaba.

Después de un buen rato lo localizaron, solo, hambriento y asustado, Sonia sin dudarlo lo cogió en brazos y se lo llevó a casa, un buen baño, comida y cariño fue suficiente para el pequeño al que llamó Maiky. Cuando fue cogiendo confianza recorría la casa juguetón y se acurrucaba en la cama de Goody para dormir.

De esa manera el pequeño gato naranja Maiky conquistó el corazón de Sonia y alivió la pena de la pérdida de su caniche.

Ella llegó a sentir a Goody en el interior del pequeño Maiky, varias veces pensó que había vuelto a ella en otra forma física, aquellos ojos felinos la miraban con una dulzura extrema, cuando la sentía llegar venía a su encuentro y le subía las patitas delanteras para que ella lo cogiera, sin parar de ronronear se dejaba achuchar por Sonia que lo llenaba de caricias y besos.

Hay un dicho que dicen que realmente los gatos eligen a su

humano para su vida en la tierra y ciertamente, con Sonia y Maiky había sucedido así.

Con las chicas todo iba genial, más unidas que nunca, pasaban todo el tiempo posible juntas. Lo más destacable fue el viaje a Sevilla para comprar los vestidos para la boda.

Se marcharon el viernes en el primer vuelo, al llegar pasaron rápido por el hotel en pleno centro para dirigirse a la tienda de la prestigiosa marca Dafonte.

El hotel estaba a un par de kilómetros de la tienda para aprovechar el tiempo al máximo.

Cada una se fue probando el vestido elegido, apenas había que hacer arreglos, les quedaban como un guante a todas. Lo realmente emocionante de esa visita era ver a Olivia con el vestido de novia que había elegido.

Ellas esperaban en el amplio salón sentadas en un sofá de terciopelo granate impacientes por ver a su amiga.

Cuando apareció se quedaron sin habla, el vestido sin duda había sido creado para ella. Le quedaba impresionante, acentuaba sus curvas de una manera muy femenina. Resaltaba su belleza, sin duda, había dado con el vestido ideal.

Tras realizar las compras fueron al hotel para dejar los vestidos y se fundieron con los habitantes de Sevilla en sus calles, aquella tarde disfrutaron de los famosos bares sevillanos de tapas, acompañados de un vino o cerveza hicieron las delicias de las chicas que estuvieron hasta altas horas de la noche callejeando por el casco antiguo de la ciudad más emblemática de España.

El sábado cogieron un coche de alquiler y dieron rueda por toda la provincia visitando alguno de los sitios más característicos como Cádiz, Huelva pasando por Málaga.

Se fueron turnando para conducir y poder aprovechar el día al máximo.

Ya que el domingo se iban en el vuelo de las dos y media. Para tener tiempo de sobra para descansar al llegar a casa. Los chicos fueron a buscarlas y tomaron algo antes de despedirse. En definitiva, pasaron un fin de semana genial.

Aquella tarde su chico se quedó con ella, la había echado tanto de menos que tenía la necesidad de sentirla cerca.

Llevaban un año de total complicidad, miradas en silencio llenas de amor, de aprender a vivir el momento y disfrutar juntos de cualquier detalle.

Sonia recuerda aquel domingo, aquel fin de semana de tomar la decisión que cambiaría su presente y su futuro. Y es que... aquel domingo, se levantó temprano, paseó con Goody sin prisa, desayunó en su terraza disfrutando

del sol matutino y tras darse una
ducha y arreglarse, cogió el móvil y
marcó el número de Manu.

Capítulo diecisiete. Llegó el día

Aquella mañana se antojaba especial, el ambiente olía a boda, a compromiso, a felicidad…

Sonia se despertó temprano y salió a la terraza, con un té disfrutó del amanecer, él se giró hacia el lado de ella, al ver que no estaba se levantó y la buscó en la habitación, se acercó por detrás y la abrigó con una manta fina, le dio un beso en la frente y se sentó a su lado.

—Te has levantado muy pronto… ¿no has podido dormir? —le preguntó mientras le apartaba el pelo de la cara para besarle la mejilla.

—No amor, he dormido muy bien, pero supongo que es la emoción de lo que hoy acontece… no puedo creer que Olivia vaya a casarse y sobre todo que haya encontrado a un hombre como Daniel, tan para ella… -le explicó mirándolo con ternura al cogerle la mano.

—Pues sí… la verdad que es casi de película que cada una de vosotras hayáis encontrado el amor casi a la misma vez... es como si el universo se hubiera alineado con las tres... es lo que tú me has enseñado.

—¡Muy bien! Así me gusta, que vayas cogiendo recortes... —le soltó riendo al abrazarlo.

—¿Te apetece desayunar en la habitación? Sugirió a su chica con la mirada pícara.

—Sería   perfecto.   —le respondió subiéndose en su regazo buscando sus anchos brazos.   Él   la   abrazó fuertemente y se quedaron así un buen rato en silencio, esos silencios llenos de complicidad y dulzura.

En la Suitte View, una Olivia nerviosa daba vueltas por la habitación antes de desayunar. Aquella noche Daniel había pasado la noche en otra habitación con uno de sus hermanos y su prima. Olivia se quedó en compañía de su hermana, su madre llegó poco después para pedir el desayuno en la habitación y disfrutar de un poco de intimidad los cinco.

Su padre besó a Olivia en la frente al entrar en la habitación. Junto a sus padres, hermana e hijo disfrutaron de un desayuno a la carta en la terraza. Después del almuerzo llegaría el fotógrafo, la maquilladora, peluquera y todo sería una locura previa al momento más deseado.

Por su parte Beatriz y Fernando bajaron al buffet a desayunar. Allí se encontraron con Susana y su chico. Decidieron ponerse en la misma mesa y de esa manera se metieron en una charla bastante interesante.

—¡No es emocionante! … en un par de horas estaremos de ceremonia… y por cierto… ¿Qué tal quedó todo el tema del catering? —preguntó Susana a su chico interesada en ese detalle.

—Sinceramente no tengo ni idea, lo he dejado todo en

manos de mi socia, es la mejor en estas gestiones… estoy seguro de que saldrá todo más que perfecto.

—Bueno… entonces seguro que será intachable. —argumentó ella sonriendo.

—No dudes que tengo la mejor compañera de negocios. —dijo mirando a Beatriz y sonriendo.

—Yo tampoco dudo de la profesionalidad de tu socia, sé que es muy tajante en lo referente al servicio que quieren dar. Crear un nombre y prestigio no es tarea fácil en los tiempos que corren. Pero me consta que lo estáis haciendo de lujo. —añadió Fernando mientras untaba las tostadas con mermelada.

—Bueno, bueno... bien de halagos para tu socia, seguro que ella estará muy feliz de tenerte como socio, eres un gran compañero, muy profesional y, sobre todo, humano, sabes empatizar con todo el mundo y eso no todo el mundo sabe hacerlo. —argumentó Beatriz uniéndose a la conversación satisfecha del resultado que estaba teniendo este proyecto.

—Además, el universo como dice Sonia, ha querido que los dos estuviéramos preparados en el mismo momento. Tú con ganas de emprender y yo con el capital… sencillamente, la combinación perfecta. —le dijo a Beatriz ofreciéndole un brindis con la copa de zumo.

—Pues sí… ni en sueños pensé que esto se diera y encima, que estuvieras con una de mis amigas, es que esto es un tema familiar… -dijo Beatriz riendo.

—Es muy curioso como el destino nos ha enlazados amiga. —susurró emocionada

Susana cogiendo la mano de Beatriz.

La mañana transcurrió en una relativa paz. Los nervios de Olivia fueron en aumento a medida que se acercaba el mediodía, habló un buen rato con Daniel por teléfono, se habían prometido no verse hasta llegar al altar.

Él le envió flores a la habitación con una nota de puño y letra que decía…

Te espero esta tarde a las cinco en el jardín, no tardes porque ya te extraño.

Dani.

En breve llegaron el fotógrafo, la maquilladora y el equipo de peluqueras, durante un par de horas todo fue un ir y venir entre las habitaciones para crear el momento más bonito en la vida de Olivia, su boda con Daniel.

Se acercaba la hora, Sonia vestida para la ocasión no podía dejar de mirarse al espejo, se veía tan bella, y de eso tenía en parte gran culpa el chico que andaba detrás caminado mientras se ponía los gemelos sin dejar de sonreír.

Susana andaba ayudando al suyo con la corbata. Beatriz con más calma disfrutaba de una amena charla con Fernando antes de bajar al jardín.

Había llegado el esperado momento.

Capítulo dieciocho. Manu

Al recibir la llamada de Sonia no dudó en acudir al punto donde lo citó.

Días después de aquella conversación rompió con Patricia. Ella no lo tomó bien y menos creyó todo aquel juego de palabras que le soltó, en lo que Manu era gran experto.

Con ayuda de Sonia y sus sabios consejos retomó la relación con su hija, afianzando lazos, haciendo que la niña volviera a estar a gusto con su padre, eso le devolvió parte de la vida que había perdido en toda aquella vorágine de acontecimientos.

Con Carla no lo tuvo tan fácil, a pesar de que Sonia intercedió por los dos, no consiguió que ella perdonara su acción de meses atrás. Así que, tuvo que desistir. Lo peor era tratar con ella en la clínica como si no se conocieran absolutamente de nada.

También necesitó ayuda de Sonia para entender por qué a veces se sentía tan vacío, el sentimiento de culpa por todo lo ocurrido no salía de su ser. Sonia le explicaba que era él mismo el que tenía que perdonarse. Asumir sus errores y las consecuencias que trajeron de la mano, aprender a vivir, a encajar el perdón, a aceptar que no todo el mundo va a seguir a su lado después de lo ocurrido, pero sobre todo a perdonarse a sí mismo cada acción en la que lastimó a quién más lo quería.

Y es que, a veces, el perdón de los implicados no es suficiente para sentirte mejor.

Poco a poco aprendió a aceptar las consecuencias, intentó hacer un consenso con Laura, haciendo la relación como padres de Sara mucho más llevadera. Hacer alguna cosa juntos sin problema y no sentirse mal por ello.

Y es que... intentar ser mejor persona cada día debería ser la asignatura pendiente de cada ser humano.

Aquí sin duda fue donde conoció la grandeza de Sonia, su capacidad para no juzgar, de perdonar y tener empatía hacía los demás... en definitiva, ser un ser de luz en la tierra.

De esta manera se volvió un médico más humano, sin tanto ego, dedicó más tiempo a escuchar a sus pacientes, atenderlos mirándolos a los ojos en vez de estar con los ojos en el ordenador viendo el historial.

Todo eso hizo que se sintiera vivo, más vulnerable, pero sin miedo.

Aprendiendo cada día de todo lo que la vida le ofrecía.

De esa manera estuvo preparado para darse otra oportunidad en el amor, sin poner barreras, sin etiquetar, porque la vida cuando ordenas tus ideas te da la respuesta que tanto buscabas sin apenas darte cuenta, sencillamente, viene sola.

Ahora era realmente feliz, se sentía pleno, aceptaba sus miedos a perder a esa persona, sentía que era vulnerable ante ese alguien a la que sólo podía mirar de rodillas, ese ser hoy en día lo era todo para él.

Sara adoraba estar con ellos, todo era tan diferente, era tan de cuento que parecía irreal.

Muchas personas de su alrededor no lo vieron con buenos ojos, incluso hubo algún sorprendido, pero como Sonia siempre le decía, tu vida es solo tuya, debes ser dueño de ella y hacer lo que te dicte el corazón, sólo así serás feliz plenamente.

Y así fue como emendó su error y la vida le premió con el regalo de tener una pareja auténtica, que lo amaba desde el primer momento, y esta vez sí lo valoró.

Capítulo veinte. La boda

Llegó la hora de bajar al jardín donde se iba a celebrar el enlace. La gran mayoría de los invitados ya estaban en torno al lugar donde se celebraría.

Olivia se miraba en el espejo cuando tocaron en la puerta. Las chicas entraron al unísono para estar con ellas minutos antes de bajar. Al verla todas quedaron impactadas, parecía un ángel bajado del mismísimo cielo, el vestido le quedaba como una segunda piel. Al ver a las chicas no puedo evitar emocionarse.

—¡Estáis bellísimas! —le dijo con la voz entrecortada.

—¡Tú sí que estás linda! —exclamó Sonia emocionada mientras el resto asentía con la cabeza.

—Siento que me falta el aire. —les confesó poniéndose la mano en el estómago.

—Eso son los nervios princesa. —le aclaró Susana dando saltitos al cogerle las manos.

—¿Podéis bajar conmigo? Sois mis damas de honor, bajemos juntas. —pidió a las chicas para sentirse arropada.

—¡Por supuesto! —clamó Beatriz sujetándola por el antebrazo. —bajaremos contigo.

—Nosotras vamos a coger los ramos, toma el tuyo… cuando estés preparada nos ponemos en marcha. —le dijo su hermana dándole a las chicas los ramos.

—¡Vamos chicas, estoy lista!

Junto al juez de paz esperaba Daniel, intentando no exteriorizar la emoción que estaba corriendo por sus venas, tenía tantas ganas de ver a Olivia que por primera vez en su vida no sabía qué hacer con sus manos.

De pronto vio como los chicos iban al encuentro de sus parejas, ya venían, enlazó sus manos delante de su cuerpo mientras el violonchelo iniciaba la música que habían elegido.

La primera en aparecer, la hermana de la novia y su pareja... seguida de Susana y su chico, detrás Fernando y Beatriz... para terminar Sonia del

brazo de su apuesto acompañante…
ocuparon las primeras filas y al
cambiar la melodía apareció la
flamante novia del brazo de su
padre. La violonchelista interpretó
de manera magistral la canción
«Cama y mesa» de Roberto Carlos.

Daniel no podía dejar de mirar a su
futura mujer acercarse, estaba tan
bella que no se creía merecedor de
ella. Algunas lágrimas brotaron en
sus ojos cuando llegó a su lado. Se
besaron tiernamente en las mejillas y
comenzó la ceremonia.

Ellos cogidos de las manos en todo
momento, escuchaban atentamente
al juez de paz. Llegado el momento,
el juez invitó a Olivia a hacer sus
votos ante su marido.

—Cuando te conocí jamás pensé que llegaríamos tan lejos, has llenado mi vida de amor, dulzura y mucha paz, por eso te quiero a mi lado por el resto de mi vida, porque no creo que haya otro plan mejor que estar a tu lado.

—Princesa, como agradecerte que llegaras para quedarte… eres mi otra mitad y lo supe desde el primer momento que te vi, y por eso, te quiero a mi lado por el resto de mi vida, porque no creo que haya otro plan mejor que estar a tu lado.

Justo detrás del intercambio de anillos, el juez los declaró marido y mujer, se besaron... sellando este compromiso.

Tocaba hacer el pasillo a los novios, las felicitaciones y celebrar en enlace.

La cálida música del violonchelo acompañó el catering que se sirvió en el lateral del jardín donde se ofició la ceremonia, una gran carpa dio la intimidad ideal a los invitados.

Los novios atendían a todos los invitados cogidos de las manos. La violonchelista fue sustituida por un trío musical que animó la noche con canciones conocidas por todos. Los novios abrieron el baile para el disfrute de los invitados.

Partir la tarta nupcial, y como no, el aclamado tirar el ramo de novia.

Llegado ese momento, Daniel cogió el micrófono del vocalista llamando así la atención de todos.

—Bueno queridos amigos y familiares, ha llegado el esperado momento que toda soltera desea en cada boda, el ramo de la novia. —dijo ante la expectación de sus invitados. —Me gustaría primero que nada llamar al escenario a mi bellísima esposa… y a las mujeres que estén en edad casaderas y no excluyo a nadie —dijo entre risas… -

Olivia animó a sus amigas a ponerse las primeras, ellas entre risas y cuchicheos le hicieron caso.

Cuando todas las mujeres estaban frente a ella, hizo el ademán de darse la vuelta, pero volvió a girarse hacia su público. Cogió el micrófono y dijo lo siguiente…

—Mis queridísimas amigas, sé que es costumbre en las bodas lanzar el ramo de la novia a la próxima en casarse, pero en ésta en particular lo voy a dar en mano y rompiendo la tradición lo voy a dar a un chico. —al decir esto hizo un gesto a uno de los chicos que estaban a la izquierda del escenario como espectador. Mientras ocurría esto, Sonia vio a Beatriz sacar su móvil y comenzar a grabar mientras sonreía. Acto seguido Olivia le daba el ramo a él... quién sonriendo se acercó a Sonia para darle el ramo, ella no salía de su asombro, de pronto ante los gritos del resto de los invitados, hincó la rodilla en el suelo y sacando una cajita le ofreció un anillo de compromiso.

—Princesa…sabes que eres el amor de mi vida, ¿quieres pasar el resto de tus días conmigo?

Ella respiró hondo intentando coger el aire que le faltaba de pronto. Lo miró, sonriendo extendió su mano y le dijo.

—Claro que sí Adrián. ¡Si quiero!

Porque es cierto que Adrián no vio a Sonia en el aeropuerto, pero ella sí, interceptó su camino, él, oculto bajo sus gafas de sol levantó la mirada y la vio frente a él sonriendo.

—Hola guapo, ¿necesitas que te lleven a casa?

—¡Ya estoy en casa! —le dijo mientras la upaba en brazos.

Desde ese preciso momento no se habían separado ni un solo instante.

Las chicas incluida Olivia felicitaron a la pareja… Sonia no salía de su asombro, todas sus amigas habían sido cómplices de Adrián para esta pedida sin igual.

Los chicos se acercaron y tras abrazar a la pareja se descubrieron con Sonia.

—Todos lo sabíamos, nos pidió que guardásemos el secreto y te puedo asegurar que nos ha costado la vida no contarte nada. —se disculpó Fernando emocionado.

—¡Sois realmente increíbles! —alcanzó a decir ella sin saber que más decir.

—Bueno… yo espero que nos perdones y nos dejes encargarnos del catering. —dijo el chico de Susana poniendo las manos en modo de súplica.

—¡Por supuesto Samuel! Y por varias razones, pero la más

importante es que tú lo trajiste a mi vida. —le dijo al abrazarlo.

Y así, esta celebración fue por partida doble, la de la unión de Olivia y Daniel… y la de un compromiso que marcará historia en la vida de Sonia y Adrián… pero eso…es otra historia.

Fin...

Capítulo veinte. Lo que no contamos.

Aquella tarde en la cafetería, Samuel se acercó a la mesa con un trozo de tarta y dos cucharas.

—Perdón por interrumpiros, no he podido ver que estáis en una conversación complicada, he traído refuerzos, esta receta nunca falla —dijo dejando la tarta en la mesa.

—¡Muchas gracias! Por cierto, ¿tienes un minuto? Me gustaría que te sentaras un ratito con nosotras —invitó Sonia a Samuel apartando la silla de la mesa para que la ocupara.

—¡Por supuesto! Lo que necesitéis —dijo él dispuesto a compartir con ellas la mesa y la tarta mandando a pedir otra cuchara a su compañero.

—Verás… Beatriz está en la tesitura de aceptar un ascenso con la condición de irse a Tenerife a ejercer su puesto, yo siempre he sido consciente del sueño que tiene de tener algún día una empresa de catering y eventos. Ahí es donde entras tú, estabas pensando en invertir, pero, no sabías donde, te puedo asegurar que ella es tu chica —le dijo Sonia a Samuel ante la mirada atónita de Beatriz.

Aquella tarde no dio tiempo de hablarlo todo, pero Samuel y Beatriz se reunieron todas las veces que hizo falta, también intervino Fernando, cuando lo tuvieron todo claro y atado formaron la empresa de catering para eventos «La Delica Caterina» y tras un duro trabajo la pusieron en marcha, teniendo una acogida sin precedentes.

Así Beatriz pudo realizar su sueño, ella se encargaba de todo prácticamente, Samuel la había dejado al frente del personal, marketing y todo lo referente al negocio, ella encantada de haber dado con él y haber cumplido un sueño, se llevaban genial y entre ellos se había forjado una gran amistad.

Igualmente, Susana quiso contarle a Sonia algo que la tenía intranquila, no le gustaba andar con secretos a su amiga. Por eso, la citó en la cafetería de Samuel para contarle que había conocido a alguien especial.

—Yo también quería contarte que he conocido a alguien, llevamos un tiempo saliendo…no te había dicho nada porque… no estaba segura de si iba a cuajar y no quería contarte otro fracaso, pero Sonia, creo que es él.

—¿En serio? No te puedes imaginar lo feliz que me hace saber esto. Y bueno… ¿quién es?... cuenta y no te dejes nada en el tintero. —le suplicó mientras le hacía señas a Samuel para que trajera otro café especial para las dos.

—¡Aquí tenéis! —dijo al quedarse parado delante de la mesa.

—Gracias Samu —le dijo Sonia extrañada al ver que no se movía del sitio.

—Sonia… es Samuel —soltó Susana tensa por la situación.

—Eso ya lo sé, espera… ¿qué quieres decir? ¿Samuel y tú? ¿estáis juntos? ¡no me lo puedo creer! —soltó levantando la voz sin apenas darse cuenta.

—No sabíamos cómo te lo ibas a tomar, sencillamente surgió y es maravilloso —argumentó Samuel de pie delante de la mesa.

—En serio chicos, esto es genial. Me alegro muchísimo por vosotros… es que… me habéis sorprendido con la noticia. ¿Adrián lo sabe? —preguntó mirando a Samuel.

—¡Claro! Pero le pedí que nos dejara a nosotros decírtelo, sentimos que era cosa nuestra hacértelo saber.

—¡Por supuesto! Vaya, sois geniales guardando secretos —espetó riendo.

Al salir de la cafetería llamó a Adrián que estaba de guardia para decirle que ya lo sabía, él le pidió disculpas por no habérselo contado, pero ella, consciente de la situación no se lo tuvo en cuenta.

Aquel domingo por la mañana Sonia se levantó temprano, paseó con Goody sin prisa, desayunó en su terraza disfrutando del sol matutino y tras darse una ducha y arreglarse, cogió el móvil y llamó a Manu.

Lo citó en Ingenio, en una cafetería muy conocida en la avenida principal. Llegaron casi al unísono, se sentaron en la terraza y tras pedir algo para tomar Sonia le explicó el motivo de su llamada.

—Bueno, antes que nada, gracias por venir, quería hablar

contigo sobre lo ocurrido el viernes cuando viniste a casa para hablar conmigo. Es cierto que no me dejaste hablar en ese momento, pero me vino bien para pensar todo lo que quería decirte. Al verte en mi portal entendí que todo el amor que te tenía se había congelado por el dolor causado por tu actitud meses atrás, con excusas insulsas, sin mirar atrás, sin preocuparte siquiera por mí lo más mínimo, por eso, en ese momento sentí que no quería volver a tener nada contigo, te has convertido en un mal recuerdo. Y al intentar mirar atrás en nuestra relación solo recuerdo el dolor que me causaste. Tengo derecho a un amor nuevo, sin fisuras, sin daño, incondicional y eso sé que no lo tendré contigo. Cuando coges una hoja de papel y la arrugas entre las manos, cuando intentas ponerla estirada de nuevo, lo puedes hacer, pero quedan las marcas, y eso, es lo que hiciste con nuestra relación. Te ofrezco mi amistad incondicional, porque sé que soy capaz de perdonarte tanto daño, pero no voy a volver a caer temiendo que vuelva a ocurrir, te quise mucho, pero me quiero más a mí.

Manu la entendió perfectamente y asumió que esta vez había perdido. Con el tiempo intentaría tener con ella esa amistad que le ofrecía, ahora tocaba poner su vida en orden y aceptar que había perdido a Sonia.

Cuando terminó su conversación con Manu fue directa al aeropuerto con casi una hora de antelación, comió algo y disfrutó de una novela romántica mientras lo esperaba.

Al llegar el vuelo optó por esperarlo alejada de la gente. Lo vio salir y mirar entre las personas allí presentes buscándola, al no verla sacó sus gafas de sol y tapando sus ojos puso dirección a la parada de guagua. Ella se interpuso en su camino, él casi molesto levantó la mirada, al verla le salió una sonrisa casi de inmediato.

—Hola guapo, ¿necesitas que te lleven a casa?

—¡Ya estoy en casa! —le dijo mientras la upaba en brazos para besarla.

Aquella noche se quedó en casa de Sonia, desde entonces pocas noches han pasado separados.

Notas de la autora.

A veces nos ofuscamos en conseguir el amor de una manera estipulada en la sociedad actual. Fijándonos en perfiles que seguramente, nada tienen que ver con la persona que está detrás.

En esta trilogía he querido hacer homenaje a las distintas maneras de conocer personas y dejar que entren a formar de tu vida. Todas igual de válidas y de bonitas.

Con cada una de ellas vamos aprendiendo y forjando nuestro aprendizaje, que nos será válido para ir avanzando hasta conseguir la felicidad plena, esa que sólo encontraremos en nuestro interior. Hasta que no seamos capaces de entender eso, no estaremos preparados para compartir esa felicidad con otra persona y sentirnos plenos.

Gracias por leer mis relatos, por meteros en la piel de cada protagonista y sobre todo, por dejarme entrar en vuestro corazón y evadiros por un ratito de la rutina de vuestro día a día.

Gracias, gracias, gracias.

Hasta la próxima historia.

Pino Betancor.

INDICE.

Printed in Great Britain
by Amazon

41894499R00136